Manuel Vázquez Montalbán
Carvalho im griechischen Labyrinth

Manuel Vázquez Montalbán

Carvalho im griechischen Labyrinth

Aus dem Spanischen übersetzt
und neu bearbeitet von Bernhard Straub

Verlag Klaus Wagenbach   Berlin

Die spanische Originalausgabe erschien 1991 unter dem Titel *El laberinto griego* bei Planeta in Barcelona, die deutsche Erstausgabe unter dem Titel *Verloren im Labyrinth* 1993 beim Rowohlt Verlag in Reinbek bei Hamburg.

Wagenbachs Taschenbuch 733

© 1991 Manuel Vázquez Montalbán
and Heirs of Manuel Vázquez Montalbán
© 2015 für diese Ausgabe:
Verlag Klaus Wagenbach, Emser Straße 40/41, 10719 Berlin
Umschlaggestaltung von Julie August unter Verwendung einer Fotografie © gettyimages. Das Karnickel auf Seite 1 zeichnete Horst Rudolph. Autorenfoto auf dem Umschlag © Isolde Ohlbaum. Gesetzt aus der Melior von Sebastian Maiwind, Berlin. Vorsatzpapier von der peyer graphic GmbH, Leonberg. Gedruckt auf chlor- und säurefreiem Papier von Schleipen und gebunden von Pustet, Regensburg.
Printed in Germany. Alle Rechte vorbehalten.

ISBN: 978 3 8031 2733 4

Für Ángel Zurita,
wie vereinbart

Mais l'angoisse nomme la femme
Qui brodera le chiffre du labyrinthe

(Aber die Angst beruft die Frau,
die den Schlüssel des Labyrinths sticken wird)

René Char, *En trente-trois morceaux*

»Mein Name sagt Ihnen wahrscheinlich nichts. Ich heiße Brando.«

»Marlon?«

»Diesen Witz höre ich nicht zum erstenmal. Luis. Luis Brando. Mein Name sagt Ihnen nichts, richtig?«

Nein, er sagte ihm nichts, und der Anrufer war auch nicht bereit, ihm die Sache zu erleichtern, sondern beharrte ein ums andere Mal darauf, nein, natürlich nicht, mein Name, was soll der Ihnen auch sagen? Früher vielleicht, ja. Das Ende der Umschweife kam nur langsam näher.

»Haben Sie noch nichts von der Brando Verlags-GmbH gehört?«

»Filmbücher?«

»Aber nein, verdammt noch mal, nein!« Er war verärgert, aber nur kurz. Er genoß es, den Zweck seines Anrufs mit Geheimnis und Ungewißheit zu umgeben. »Meine Tochter. Ich habe eine Tochter. Sie macht mir viele Unannehmlichkeiten. Könnten Sie nicht zu mir kommen? Es ist natürlich ein professioneller Auftrag.«

»Natürlich. Ich arbeite weder als Vater noch als selbstloser Freund von Vätern.«

»Das ist doch selbstverständlich.«

Auch das Diktieren seiner Adresse fiel ihm schwer, als könne er sich nicht richtig erinnern oder als schäme er sich, in einem mittelmäßigen Villenviertel zu wohnen, entweder weil es ein Villenviertel oder weil es mittelmäßig war. Carvalho legte auf und drehte seinen Bürostuhl der Küche zu.

»Biscuter! Die Welle der moralischen Unterdrückung rollt. Wieder ein Vater, der seine Tochter von mir überwachen lassen will! Seit dem Untergang des sowjetischen Imperiums haben die guten Sitten wieder Konjunktur.«

Aber Biscuter antwortete nicht. Statt dessen klopfte jemand an die Bürotür, doch obwohl Carvalho »Herein!« rief, regten sich die beiden Schatten hinter der verräterischen Milchglasscheibe nicht.

»Herein, habe ich gesagt!«

Nur vier- oder fünfmal in seinem Leben hatte etwas seiner Brust einen derartigen Stich versetzt. Es gibt Frauen, die dir einen Stich in die Brust versetzen, wenn du die perfekt sitzende Umhüllung ihres Fleisches betrachtest, und es genügt, daß sie dich anschauen, damit ein bleierner Fußtritt dein Brustbein zertrümmert und eine wohlige Atemnot jeden Gedanken an das Vorhandensein der Luft verhindert. Aber zuweilen genügt es, daß sie da sind oder erscheinen, ohne dir Zeit zu lassen, über die Gründe nachzudenken; es ist ihre schiere Anwesenheit, ihr In-der-Welt-Sein, das Zeit und Raum leert und die Urangst verbreitet, die erste Angst des ersten Mannes, als er den Ruf der ersten Frau vernahm. Etwas davon oder all das geschah, als Carvalho sah, wie sie sich seines Büros bemächtigte, in aufrechter Haltung und den Kopf in den Nacken gelegt, um den Flug eines verführerischen Blickes vorzubereiten, während sie gleichzeitig den Körper mit den über dem Schoß vereinten Händen schloß. Er war so erschüttert, daß er zuerst Angst hatte und dann zornig wurde, gleichermaßen auf sich selbst wie auf die Störerin seines Gleichgewichts. Wochen später, als diese Frau bereits ein verschwommener Umriß war und Carvalho vergeblich versuchte, sie wiederherzustellen, um sie in einem bittersüßen Winkel seines Gedächtnisses einzulagern, hatte er Zeit, und er wendete sie dafür auf, jene Erscheinung auseinanderzunehmen wie einer, der versucht, die Waffe zu verstehen, die ihn getötet hat, indem er sie zerlegt, jedes Einzelteil in der Hand wiegt und sein Volumen und seine Struktur erspürt. Jetzt aber, als die Frau auf ihn zukam, blieb ihm nichts anderes, als sich immer weiter in seinem Stuhl zurückzulehnen und Distanz, Raum und Zeit zu gewinnen, damit sich die Brust wieder mit Luft und der Kopf mit Worten füllte.

»Pepe Carvalho?«

»Ja, der bin ich.«

Und es schmerzte ihn, sie zum Platznehmen einzuladen, denn es verringerte sie für ihn um die Hälfte. Sie war so schön, daß er etwas Zeit brauchte, um das Vorhandensein ihres Begleiters zu bemerken. Schön waren vor allem die Augen, geschaffen aus kostbaren, noch von keinem Geologen bestimmten Steinen; die Haare aus dunklem Honig, so dickflüssig wie der beste dunkle Honig, Schmeichler um das süße Haupt einer Göttin; die Haut eines reifen Pfirsichs; der Mund, der die Worte küßte. Schau sie nicht mehr an, sagte sich Carvalho. Aber er fuhr fort, sie anzuschauen, und hätte es immer weiter getan, wenn sich ihr Begleiter nicht eingeschaltet und ihm eine lustlose Aufmerksamkeit aufgezwungen hätte. Gewiß wäre das Gute ohne den Kontrast des Bösen unbegreiflich, und dasselbe gilt für das Verhältnis der Schönheit zur Häßlichkeit. Mehr als strikte Häßlichkeit indes war es Unruhe, die der Begleiter ihrem Bild von Gelassenheit und einladendem Strand entgegensetzte. Er gehörte zu den Menschen, die alles betrachten und bei nichts verweilen; seine Augen waren kaum von Wimpern geschützt, und sein ungebärdiges Haar war das einzige, was sich seiner physischen und psychologischen Disziplin entzog. Er machte keine überflüssige Bewegung und verschenkte kein Wort, wohl weil er sich lediglich als bloße Begleiterscheinung der Dame eingeführt hatte und sein Spanisch schlechter war.

»Mademoiselle Claire Delmas und Monsieur Georges Lebrun …«

Es waren die ersten Franzosen, die ihn engagieren wollten; dies zumindest hatten sie erklärt, als sie noch kaum eingetreten waren. Um sich bei Carvalho gut einzuführen, bezogen sie sich auf die Empfehlung eines gewissen ›Le *normalien‹* und erklärten, Carvalho habe diesen im thailändischen Dschungel, kurz vor der malaysischen Grenze, flüchtig kennengelernt. Als er sich diese Begegnung ins Gedächtnis rief, erschien ihm eine seltsame postrevolutionäre Gestalt mit Furcht vor dem Alter und der Bürgerlichkeit. Nach den Auskünften, die Monsieur Lebrun effizient erteilte, arbeitete ›Le *normalien‹* inzwischen als Wirtschaftsfachmann im Dienst der Regierung Rocard.

»Er hatte ein sehr skeptisches Verhältnis zur Macht.«

»Das hat er immer noch. An der Macht wimmelt es von Leuten, die ihr skeptisch gegenüberstehen. Lieben Sie politische Philosophie?«

»Wenn ich das Wort Philosophie höre, ziehe ich die Pistole.«

»Nicht nötig. Obwohl es Ihnen vollkommen freisteht, mit Ihren Pistolen zu tun, was immer Sie wollen.«

Darauf wollte der lustlose, wenn auch angespannte Mann nichts mehr von ihnen wissen und ermöglichte es, daß sich eine große Stille ausbreitete, bevor Claire zu sprechen begann, und endlich tat sie es, mit einer Stimme, die maßgeschneidert zu ihrem Aussehen einer Frau des anbrechenden Tages paßte. Ihre Stimme klang, als sei sie eben den Federn entstiegen.

»Ich suche einen Mann.«

Das fängt ja gut an, dachte Carvalho angesichts der offensichtlichen Tatsache, daß er selbst nicht der Gesuchte war.

»Hier?«

»Ja. Er ist der Mann meines Lebens.«

Carvalho verstand, warum die Franzosen die europäischen Entdecker des Tangos waren, und zwar schon vor dem Ersten Weltkrieg, wie er in einem seiner noch nicht verbrannten Bücher gelesen hatte, das er aber, sobald er es fand, zum Entzünden seines nächsten Kaminfeuers nutzen würde.

»Die Geschichte von Mademoiselle Delmas ist sehr literarisch, ich warne Sie. Mademoiselle Delmas selbst ist äußerst literarisch«, bemerkte der lustlose Mann, als fühle er sich zum Gespräch aufgefordert. Sein Sarkasmus schien die Frau nicht zu verärgern. Es war das Spiel der beiden, sich gegenseitig zu kränken.

»Monsieur Lebrun dagegen glaubt nur an Fakten. Zwei plus zwei ergibt vier, beispielsweise.«

»Vielleicht konnte ich auf diese Weise vermeiden, daß mein Leben zu einer griechischen Tragödie wurde. Lesen Sie gerne, Señor Carvalho?«

»Ich verbrenne Bücher.«

»Um sie zu verbrennen, müssen Sie sie besitzen.«

»Ich glaube nicht, daß Sie an meiner Lebensgeschichte interessiert sind.«

»Mademoiselle Delmas schon, ganz sicher. Sie ist begeistert von den Geschichten anderer Leute, und wenn ihr die eigenen ausgehen, kann sie auf diese zurückgreifen. Ich fragte, ob Sie gerne lesen, weil es mir selbst gefällt, und eine der bereicherndsten Lektüren, an die ich mich erinnere, war *Homo faber*, der Roman eines Schweizers über die griechische Tragödie eines Mannes, der nicht an griechische Tragödien glaubte. Seitdem glaube ich nicht nur nicht an griechische Tragödien, sondern versuche überdies vorsichtshalber, sie zu vermeiden. Bei Claire ist das nicht der Fall. Denn die ganze Geschichte dreht sich um einen Griechen, um einen schönen Griechen wie Antinoos. Sehr merkwürdig der Umstand, daß Sie Bücher verbrennen! Auch ich habe eine sehr atypische Beziehung zu Büchern.«

»Eine sadistische.«

»Ja, das ist möglich, Claire.«

»Du liebst weder die Bücher noch überhaupt jemanden.«

Er nickte, und etwas wie ein Lächeln verwischte seine unbestimmten Züge noch ein wenig mehr.

»Wissen Sie, was dieser Verrückte mit Büchern tut?«

»Ich sterbe vor Neugier, es zu erfahren.«

»Er niest hinein, er ißt die reifste Frucht, die er auf dem Markt findet, über den aufgeschlagenen Büchern, um sie mit ihrem Saft zu beflecken, und nie hat er mehr als zehn

Bücher im Haus. Er kauft sie, verkauft sie, wirft sie weg oder verschenkt sie.«

»Sie verschenken Bücher voller Rotz und Flecken?«

»Ich achte darauf, nur die am wenigsten beschmutzten zu verschenken, aber manchmal bin ich nicht allzu gewissenhaft; schließlich und endlich ist ein Buch wie eine verschlossene Kiste, und der Leser weiß fast nie, was er zwischen den Seiten finden wird. Er muß das Risiko eingehen.«

Sie lachte rückhaltlos und betrachtete den Lustlosen mit einer gewissen Zärtlichkeit, die er mit dem leichten Grinsen eines Jungen beantwortete, den man bei seinen geheimen Lastern ertappt hat. Jetzt werden sie mich gleich bitten, sie zu trauen, dachte Carvalho, und etwas von seiner unterdrückten Ungeduld mußte wie ein Fluidum nach außen gedrungen sein, denn die Frau bemühte sich, sich auf die Sache zu konzentrieren.

»Ich möchte vorausschicken, daß alles, was ich Ihnen erzählen werde, der Wahrheit entspricht, denn manchmal denke sogar ich selbst, es könnte eine Lüge sein, eine Frucht meiner Obsessionen. Ich lernte Alekos, den Mann meines Lebens, von dem ich sprach, vor fünf Jahren kennen. Er war gerade nach Paris gekommen und besuchte das Museum, in dem ich ein Praktikum machte. Er war älter als ich, ein griechischer Immigrant, der Maler werden wollte und es schwer hatte, sich in Paris durchzuschlagen. Tatsächlich flehte er mich fast an, ihn zum Essen einzuladen, wenige Minuten, nachdem ich ihn kennengelernt hatte. Ich fand ihn unverschämt, aber er war ungeheuer schön. Er besaß den athletischen Körper eines griechischen Jünglings, obwohl er kurz vor der Vollendung seines dreißigsten Lebensjahrs stand, sein Gesicht hingegen war das eines griechischen Seemannes von heute, gegerbt, mit Geheimratsecken und einem Schnurrbart auf türkische Art. Nackt wirkte er wie ein stattlicher junger Mann mit dem Kopf eines türkischen Piraten. Eine Woche nach unserer Begegnung zog er in meine Wohnung im Marais ein und brachte seinen gesamten Besitz mit. Damit meine ich keine materiellen Dinge, davon hatte er ziemlich wenig. Ich meine seine gesamte Kultur- und Gefühlswelt. Er brachte mich dazu, mich als Griechin zu fühlen. Mein Haus, und ich selbst, wurde zu einer griechischen Kolonie, in der er an Land ging, wie und wann immer er wollte.«

Der Mann applaudierte mit den Fingerspitzen. »Claire, das ist die beste Version der Geschichte, die ich gehört habe.«

»Ich ersetzte meine Freunde durch seine Freunde, meine Erinnerungen durch seine Erinnerungen, meine Vorlieben durch seine Vorlieben, ich aß sogar anderes, ging jahrelang von einem griechischen Restaurant zum nächsten und kochte in meiner eigenen Küche nichts anderes als griechische Spezialitäten. Schmeckt Ihnen die griechische Küche?«

»Es ist eine Küche für den Sommer.«

Monsieur Lebrun applaudierte wieder mit den Fingerspitzen, mischte sich diesmal aber nicht ins Gespräch ein.

»Ich paßte mein Lebenskonzept dem seinen an. Ich war nicht allein in sexueller Hinsicht fasziniert von ihm, sondern ich fühlte mich auch schuldig. Er machte uns reiche Völker für die Armut seines eigenen Volkes verantwortlich. Sie, die Spanier, schätzte er, weil sie, wie er sagte, den Griechen ähnelten: Zuerst hatten sie die Weltgeschichte gestaltet und später nur noch erlitten. Aber Franzosen, Deutsche, Engländer, Nordamerikaner und Japaner waren für ihn die Bösewichter der Weltgeschichte in der Gegenwart, und wir alle waren verantwortlich, wir alle mußten dafür bezahlen. Jedesmal, wenn ich das Gefühl hatte, daß er mich nicht liebte, sondern in Wirklichkeit nur in Besitz nahm, warf ich es ihm verzweifelt, hysterisch vor, und er wurde dann zärtlich und eifersüchtig, sehr eifersüchtig, er war sehr eifersüchtig, es ärgerte ihn sogar, wenn mich die anderen Männer ansahen, und jeden Abend mußte ich ihm über alles Bericht erstatten, was ich tagsüber getan hatte.«

Der Mann war aufgestanden, und während Claire redete, erkundete er neugierig die vier Himmelsrichtungen von Carvalhos Büro. Als er den Vorhang erreichte, hinter dem Biscuters kleine Welt lag, die Toilette, die Kochecke und der winzige Platz für das Bett des kleinen Mannes, schob er ihn mit einem Finger beiseite und fand sich Nase an Nase mit Biscuter, der das Gespräch belauschte. Er ließ den Vorhang los, ohne eine Miene zu verziehen, und schaute nach, ob Carvalho seine Suche verfolgt hatte. Er hatte.

»Keine Sorge, das ist mein Assistent, und das Lauschen hinter dem Vorhang gehört zu seinen vertraglichen Pflichten. Komm herein, Biscuter!«

Der häßliche Wicht trat ein, rieb seine verschwitzten Hände an den Hosenbeinen und führte sie danach zum Kopf, um die Rebellion der wenigen Härchen zu bändigen, die er noch hatte. In dem Moment, als er Claires Fingerspitzen ergriff, um sie an seine Lippen zu führen, schloß er die großen Hängeaugen und raunte: »*Mamuasele!*«

Dann wandte er sich mit einer halben Drehung dem Mann zu, neigte, vielleicht etwas übertrieben, wie ein Japaner den Kopf und drückte dann die Hand, die ihm der andere ohne allzu große Lust reichte.

»*Mesiör.*«

Biscuter trumpfte mit seinem besten Französisch auf, das er aus seiner Zeit als Wochenendautoknacker in Andorra behalten hatte, und die Franzosen lauschten mit offenem Mund diesem Wasserfall von Satzmelodien im Dienste eines Vokabulars, das, wie sie vermuteten, irgendwie mit Esperanto verwandt war. Die Satzmelodie war so französisch, daß man sie schon als übertrieben bezeichnen konnte, und sie schwoll an zu einer Oper konkreter Musik, die die Liebenswürdigkeit der Gäste auf eine harte Probe stellte. Schließlich griff Carvalho ein, um der Folter ein Ende zu setzen.

»Biscuter, abgesehen von deinem ausgezeichneten Französisch brauchen unsere Klienten noch etwas, das sie an ihr Vaterland erinnert. Es ist die richtige Tageszeit für einen kühlen Weißwein. Was haben wir an französischen Weißweinen kaltgestellt?«

»Einen 83er Pouilly Fumé, einen 84er Sancerre und einen 85er Chablis.«

Zum erstenmal sah Carvalho Verblüffung in den Augen von Monsieur Lebrun, der ein paar fotografische Blicke auf seine Umgebung richtete, aber was er fotografierte, entsprach nicht dem Gespräch über Weine, das der Detektiv mit dieser menschlichen Subkreatur führte. Der erste Schnappschuß erfaßte das baufällige Vierziger-Jahre-Büro, anscheinend gerettet aus dem Requisitenausverkauf eines Produzenten von Humphrey-Bogart-Filmen. Der zweite hielt alle Mängel von Carvalhos Kleidung fest, die, wie Monsieur Lebrun vermutete, aus nicht besonders gut ausgewählten Sonderangeboten stammte, während sie in Biscuters Fall so aussah, als habe er sich eines schönen Tages in den fünfziger Jahren zum letztenmal neu eingekleidet und diese Sachen seitdem nicht mehr abgelegt, nicht einmal zum Waschen. Andererseits konnten die Sauberkeit und die Körpergröße des seltsamen Assistenten zu dem Glauben verleiten, daß auch er mitsamt der Kleidung in die Waschmaschine gesteckt wurde. Die dritte Momentaufnahme ging hinter den Vorhang und galt dem, was Lebrun von dem Winkel erhascht hatte, den sich Kühlschrank, Dusche, Kloschüssel, Liege, Gasherd und Butangasflasche miteinander teilten. Die vierte Fotografie erfaßte sie alle. Wie konnte man in diesem Ambiente ein Glas Pouilly Fumé trinken, serviert von diesem Sklaven des Dr. Fu Manchu?

»Werden Sie nicht mißtrauisch, Monsieur Lebrun! Der Schein trügt. Biscuter ist ein hervorragender Sommelier, zu dessen Pflichten es gehört, alle drei Monate die Weine einer bestimmten Region der Welt zu verkosten. Im Rahmen unserer Möglichkeiten, versteht sich. Für die Gran Reservas reicht es nicht, aber einmal im Vierteljahr öffnen wir eine sehr gute Flasche. Die letzte war ein Nuits de Saint Georges von neunzehnhundertsechsundsechzig. Ausgezeichnet. Wenn Sie gerne einen Weißwein zwischendurch nehmen – und ich ahne, daß Sie es tun, denn Sie sind, ebenso wie die Dame, sehr literarisch veranlagt –, dann empfehle ich Ihnen einen Meursault, einen Sancerre oder einen Pouilly. Der Chablis bedarf der Unterstützung von Meeresfrüchten oder einem anderen Imbiß von nicht allzu aggressivem Geschmack.«

»Den Pouilly, wenn ich darf.«

»Sie dürfen.«

»Ich begreife nicht, wie man als Spanier etwas anderes als Vega Sicilia trinken kann. Meine Großmutter stammte aus Valladolid, und seit der Kindheit bewahrt mein Gaumen den Geschmack des Vega Sicilia.«

Ein Mädchen aus Valladolid also.

»Und was halten Sie vom griechischen Wein?«

»Er ist das, was Claire an ihrer griechischen Tragödie am wenigsten überzeugt, vor allem der geharzte.«

»Einige Weine aus Kreta, vielleicht. Und der süße Wein aus Paros zum Dessert. Aber Alekos zwang mich, Demestica zu trinken, den gängigsten Wein in Griechenland. Das sei der Wein des Volkes und der trotteligen Touristen, und er selbst sei, wenn er in seine Heimat fahre, eine Mischung aus Mann des Volkes und trotteligem Touristen.«

»War er Kommunist?«

»Sein Vater war ein kommunistischer Untergrundkämpfer gewesen, der einige Jahre im Gefängnis verbracht hatte. Auch Alekos war Mitglied in der Jugendorganisation der Partei, aber er mißbilligte ihre Politik nach der Legalisierung. Er kam nach Frankreich. Er war stets eher Anarchist als Kommunist.«

»Das Unschuldigste und Aussichtsloseste.«

»Du kannst das nicht verstehen, Georges. Du bist ein Verkäufer. Ein Händler. Ein Dealer.«

Biscuter brachte Gläser und die Flasche, dazu Canapés mit einem rosafarbenen Kleister, der die Frau einen Jubelruf ausstoßen ließ.

»Taramá! Das ist wundervoll! Wie haben Sie es geschafft, so schnell einen Taramá zu improvisieren?«

»Das sind die kleinen Vorteile des Umstandes, daß mein Assistent hinter der Gardine zuhört. Es ist ein wenig orthodoxer Taramá, nicht mit der erforderlichen *poudgarde*, aber Biscuter bereitet ihn sehr gut aus Kabeljaurogen zu.«

»Der Taramá versetzt mich wieder nach Griechenland!« Ihre Augen nahmen die Farbe der Ägäis an, während ihre Atmung auf und ab ging unter dem feinen Wollpullover, der sich über zwei hinlänglich entwickelten Brüsten wölbte, und Carvalho ahnte ihre Fülle und die unfertigen Brustwarzen einer Jugendlichen.

»Taramá, Moussaka, Dolmades ... Jetzt fehlt nur noch ein Lied von Theodorakis, zum Beispiel *O perigal* mit dem Text von Seferis, das Alekos immer wieder auflegte, bis seine Ohren weinten, wie er immer sagte.«

»Wo haben Sie einen so faszinierenden Mann verloren?«

»Kein Mann kann akzeptieren, daß ein anderer Mann faszinierend ist, es sei denn, er wäre homosexuell. Aber, auch wenn Sie es im Scherz gesagt haben, ich schwöre Ihnen, er war faszinierend. Nein. Nein, verloren habe ich ihn nicht. Er ging fort.«

»Warum?«

»Es war meine Schuld. Ich setzte ihn allzusehr unter Druck und konfrontierte ihn mit einer Realität, die ihn überforderte. In den ersten Jahren gehörte einer dem anderen, sehr konventionell, sehr wie bei einem Paar fürs Leben. Er nahm mich sogar mit nach Griechenland, damit ich seine Eltern kennenlernte, und von diesem Besuch kehrte ich mit dem Status einer Schwiegertochter zurück. Meine Schwiegereltern schreiben mir immer noch, und meine Schwiegermutter weint jedesmal, wenn sie daran denkt, daß Alekos mich verlassen hat. Wir hatten ungefähr drei Jahre zusammengelebt, als ich festzustellen begann, daß die Intensität unserer Beziehung nachließ. Er war zu häufig weg von zu Hause; allerdings ist es auch richtig, daß er finanziell unabhängiger geworden war. Er verdiente etwas Geld als Modell. Ich sagte bereits, daß er einen herrlichen Körper besaß. Dann stellte ich fest, daß unsere sexuellen

Begegnungen seltener wurden und sein Phantasievermögen nicht mehr dasselbe war. Er tat seine Pflicht wie ein routinierter Schauspieler, wie ein Schauspieler, der seine Rolle sehr gut beherrscht, aber beim Spielen nicht mehr gibt als seine Anwesenheit. Von meiner Großmutter aus Valladolid habe ich wohl das aufbrausende Wesen geerbt, und ich bin keine vorsichtige Frau, wenn es um etwas geht, das mich wirklich betrifft und mir wichtig ist. Daher ließ ich nicht allzuviel Zeit verstreichen, bevor ich ihm seine veränderte Haltung ins Gesicht schleuderte. Ich verfiel in das Klischee, ihn zu fragen, wer die andere sei, und war mir ganz sicher, daß es diese andere gab. Er aber, anstatt mich zu beruhigen oder mich mit der Wahrheit, der grausamen Wahrheit, vollends zu vernichten, ließ mich schreien, ließ zu, daß ich verzweifelte, und hielt mich ein ganzes Jahr lang im unklaren, bis ich zu argwöhnen begann, daß die Sache nicht ganz so war, wie ich angenommen hatte. Alekos hatte eine sehr enge Beziehung zu seinen Freunden, und die Männer aus dem östlichen Mittelmeerraum, auch die von der afrikanischen Mittelmeerküste, sind sehr gefühlsbetont. Sie halten Händchen beim Gehen, küssen sich zur Begrüßung und schauen sich zärtlich an. Und das begreift der westliche Blick manchmal nicht zur Gänze. Ich selbst hatte schon einmal zu Alekos gesagt, er und seine Freunde wirkten wie ein Stamm von Schwulen, und er amüsierte sich köstlich darüber. Er sagte, der Kapitalismus habe uns die Erotik nur im Bereich der Fortpflanzung gelassen, und das, solange er Arbeitskräfte brauche. Sobald es einen Überschuß an Arbeitskräften gebe, reglementiere er auch diesen Bereich. Aber nachdem ich ihm tagelang gefolgt war – dabei meine Arbeit in der Leitung eines kleinen Museums vernachlässigte und mehrmals kurz vor der Entlassung stand –, kam ich zu dem Schluß, daß es keine andere Frau gab. Er traf sich stets mit seinen Freunden, und wenn neue Gesichter hinzukamen, waren es junge Griechen, die Hilfe suchten, denn nicht alle besaßen eine Aufenthaltsgenehmigung. Nach außen hin war alles wie immer, was mich noch mehr deprimierte, denn ich dachte, ich sei die Schuldige und das Scheitern unserer Beziehung sei mein eigenes Versagen. Ich übersteigerte meine Zärtlichkeitsbeweise und sexuellen Ansprüche, bis er sich in die Enge getrieben fühlte, überlastet ist wohl eher das richtige Wort, und in die Defensive ging. Das war noch schlimmer. Eines Abends, als ich eigentlich bei der Arbeit hätte sein müssen, blieb ich zu Hause, weil ich sehr niedergeschlagen war. Ich lag ohne Licht im Schlafzimmer, meine Augen brannten vom vielen Weinen. Alekos kam nach Hause, ohne meine Anwesenheit zu bemerken. Er setzte sich an den Tisch im Eßzimmer und begann zu schreiben. Vom Bett aus konnte ich sein schönes Profil sehen, seine schöne Traurigkeit an diesem Abend, während er schrieb, und wie diese Traurigkeit in Verzweiflung umschlug und er weinte, dicke, runde Tränen, die über seine Wangen rannen und sogar das Papier benetzten. Er weinte aus einer tiefen inneren Angst heraus. Wie man nur weint, wenn man liebt. Es war kein Weinen im Angesicht des Todes. Es war das Weinen enttäuschter Liebe.«

»Erlaube, daß ich etwas dazu sage, Claire, um dich, Señor Carvalho und seinen ausgezeichneten Sommelier darauf hinzuweisen, daß du eine Szene von reinster nachromantischer Inspiration beschrieben hast. Ohne die Südsee, ohne schwere, heiße Tränen, ohne kleine Fässer mit Schiffszwieback und Pökelfleisch und ohne blasse Señoritas, die mit Sonnenschirmchen spazierengehen, gäbe es einen großen Teil der Literatur des neunzehnten Jahrhunderts nicht. Du beweist, bis zu welchem Grad die literarische Bildung, die wir bis zum Abitur und an der Universität erhalten, immer noch zum neunzehnten Jahrhundert gehört. Ein weinender Grieche! Ein orientalistisches Bild von Delacroix, beschrieben von Lord Byron. Hätte man bei deinem Literaturunterricht mehr Wert auf Artaud, Genet oder Céline gelegt, wäre dir eine solche Beschreibung nicht unterlaufen. Die Literatur und das Kino helfen uns, Vorstellungen zu entwickeln und Annahmen über unser

Leben und unsere Erinnerung aufzustellen. Tritt heraus aus diesen Seiten und beschreibe uns das gleiche, aber zum Beispiel durch die Brille von Robbe-Grillet! Hättest du mehr Robbe-Grillet gelesen, wärst du jetzt nicht auf der Suche nach einem so kitschigen Griechen!«

»Kann ich fortfahren? Verurteilen Sie uns nicht, Señor Carvalho! Es gehört zur Rolle von Georges, daß er immer wieder versucht, mich auf die Palme zu bringen, obwohl er weiß, daß ihm das nicht gelingen wird.«

»Ist Ihnen, Carvalho, das Quartett aufgefallen, das wir hier vorstellen? Welche Schauspieler könnten es bis zur Perfektion verkörpern? Sie, Ingrid Bergman, ganz sicher. Der Kellermeister könnte Peter Lorre sein, wenn auch etwas schlanker. Sie, Humphrey Bogart, das haben Sie sich verdient und gut einstudiert. Und ich? Welcher Schauspieler könnte mich spielen? Ich bringe Sie in eine heikle Lage, denn ich nötige Sie, Ihren physischen und moralischen Eindruck von mir preiszugeben.«

»Ich habe überhaupt kein Gedächtnis für Filme. Für mich sind sie alle gleich, ob John Wayne oder Anita Ekberg, der Hund Lassie oder Elizabeth Taylor; ja, ich könnte nicht einmal sagen, ob es wirklich Elizabeth Taylor selbst ist, die in *Lassie kehrt zurück* auf allen vieren und nur von ihrem Geruchssinn geleitet durch ganz England trabt.«

»Ich will dir sagen, wer deine Rolle spielen könnte: Peter O'Toole, verkleidet als Bette Davis.«

Etwas wie Gekränktheit versiegelte Georges Lebruns schmale Lippen.

»Wir haben den Mann Ihres Lebens, den Griechen, weinend am Tisch verlassen, während er einen Liebesbrief schrieb. An wen?«

»Hier trat ein Problem auf. Ich stellte mich schlafend, und er weckte mich nicht, als er bemerkte, daß ich zu Hause war. Ich wartete, bis er in der Küche rumorte, und dachte, er würde danach weggehen, wie an so vielen Abenden, aber nein. Er legte sich neben mich und schlief nach kurzer Zeit tief und fest. Da stand ich vorsichtig auf und suchte den Brief. Er lag zwischen den Seiten eines Gedichtbandes, einer Anthologie von Dichtern aus Alexandria und Zeitgenossen von Kavafis, inklusive Kavafis selbst. Der Brief war in griechischer Sprache geschrieben, und ich kannte kaum die gängigsten griechischen Wörter, es reichte eben für den Zoll und das Hotel. Aber ich war voller Wut, wie besessen, und verzog mich an die sicherste Stelle der Wohnung, um den Brief mit Hilfe eines Wörterbuchs zu entschlüsseln. Von den Verben fand ich immer nur den Infinitiv, aber das war mir egal. Der Inhalt des Briefes wurde immer klarer, je mehr der Morgen dämmerte, und es war tatsächlich ein Liebesbrief, ein Liebesbrief an einen Mann, einen gewissen Dimitrios, wie ich verstanden zu haben glaubte. Später erfuhr ich, wer er war: ein Junge, der vor kurzem von Samos gekommen war und dem alle zu helfen versuchten, weil er sehr verwahrlost war. Er war drogensüchtig und Maler, wie Alekos. Aber in jener Nacht hatte ich nur den Beweis vor mir, einen unklaren Beweis, denn meine Beherrschung des Griechischen ließ mich nicht weiter als bis zu den Pforten der Wahrheit gelangen. Der Brief war voll von Erotik, aber von einer traumhaften Erotik, etwas platonisch. Tatsächlich bestand der Brief in der Beschreibung eines Traumes von Alekos, in dem Dimitrios das Objekt seiner Begierde war, und er machte ihm einige Vorwürfe, weil er ihm nicht allzuviel Beachtung schenkte. Es war der Brief eines Eifersüchtigen. Seine Eifersucht, die zu anderen Zeiten mir gegolten hatte, galt nun diesem Jungen. Aber während ich ein ums andere Mal meine Übersetzung las, lebte ich noch in der Hoffnung, daß alles eine nur vorübergehende Faszination war. Daß noch nichts geschehen war. Unerträglich war mir schon der Gedanke, der bloße Gedanke an Alekos im Bett mit einem anderen Menschen, und noch schlimmer mit einem Mann. Der Brief sagte nichts über körperlichen Kontakt, und ich glaubte, es sei noch nicht dazu gekommen. Ein schwerer Irrtum, denn von dieser Nacht an tat ich das Schlimmste, was ich tun konnte: Ich versäumte keine Gelegenheit, mich gegenüber

Alekos abfällig über die Homosexualität zu äußern, und erreichte eine zornige und angewiderte Reaktion. Was hast du gegen Homosexualität? Die einzige Sexualität, die die Gesellschaft nicht ausnutzen kann. Sie dient nicht der Reproduktion. Sie ist nicht produktiv. Es ist die einzige radikal revolutionäre Sexualität, sagte Alekos, allzu unparteiisch und neutral, um unschuldig zu sein. Nach mehreren Wochen, in denen wir uns gegenseitig mit Worten und Anspielungen verletzt hatten, sagte ich es ihm endlich, auch wenn ich nie zugab, daß ich den Brief gelesen hatte, vielleicht, weil ich ihn auf dem *retrete* übersetzt hatte. Das spanische Wort *retrete* finde ich schrecklich. Kein anderes Wort in keiner anderen Sprache enthält eine solche Ladung von Verachtung.«

»Kaum jemand nennt heute in Spanien die Toilette noch *retrete*, Scheißhaus. In Spanien werden die Dinge kaum noch beim Namen genannt. Fast alle sagen *lavabo*, ein Wort, das ebenso porentief gereinigt ist wie ›Toilette‹. Die Menschen von heute wollen vergessen, daß sie kacken, pissen, ficken und sterben.«

»Von dieser Nacht an quälte mich mein Verdacht, und die Zweideutigkeit von Alekos brachte mich noch mehr zur Verzweiflung. Mit der Zeit kam ich zu dem Schluß, daß er versuchte, mich wütend zu machen, damit ich seiner überdrüssig würde und meinerseits die Beziehung beendete.«

»War es so?«

»Nein. Nein, ich fühlte mich weder erniedrigt noch beleidigt. Ich war nur verliebt und wollte ihn nicht verlieren. Das zeigte ich ihm so deutlich, daß ich ihm das Leben unmöglich machte, und eines Tages ging er fort. Er zog zunächst in das Atelier eines Freundes, was aber nichts mit dem Empfänger des Briefes zu tun hatte. Diesen Dimitrios wollte ich umbringen. Ich steckte ein Messer ein und ging hin zu ihm, beschimpfte ihn wie eine betrunkene Nutte, und dann, weil mir die Hände zitterten, fiel das Messer zu Boden, und ich brach in Tränen aus. Ich machte eine Menge Szenen dieser Art, alle, die Sie sich nur vorstellen können; beispielsweise schlief ich eine Nacht im Eingang des Hauses, wo Alekos wohnte, damit er sich meiner erbarmte. Ich versuchte sogar, mich umzubringen ...«

»Und hier komme ich ins Spiel. Ich stelle mich noch einmal vor, Señor Carvalho, denn Sie hatten mich vielleicht vergessen. Georges Lebrun, Verkaufschef bei Office de Radiodiffusion Télévision Française, Sonderbeauftragter in dieser zukünftigen Olympiastadt, um den Exklusivvertrag für eine Reihe pädagogischer Sportsendungen abzuschließen, die nach den Spielen genutzt werden sollen. Alle Olympischen Spiele werfen ihren Schatten, und im Schatten aller Olympischen Spiele wird Gewinn oder Verlust gemacht. Mademoiselle Delmas war meine Nachbarin, und am frühen Morgen des vierzehnten März neunzehnhundertneunundachtzig bat mich die Concierge des Anwesens um Unterstützung, um zu verhindern, daß dieses Fräulein starb, obwohl sie, wie wir später feststellten, nicht genügend Tabletten eingenommen hatte, um sich umzubringen. Sie wollte einfach die Aufmerksamkeit des Griechen erregen und schaffte es doch nur, ihre Concierge und ihren Nachbarn aufzuwecken. Mich aufzuwecken ist allerdings leicht. Ich schlafe wenig. Wie Sie sehen, hat Mademoiselle Delmas die Sache gut überstanden, und ich nahm sie von da an unter meine Fittiche, nicht direkt aus sexuellem Interesse, nicht einmal aus einem humanitären Impuls heraus. Wenn Sie mich besser kennen würden, wüßten Sie, daß ich keine drängenden sexuellen Interessen habe und frei bin von humanitären Impulsen. Statt dessen habe ich eine große Neugier auf das animalische Verhalten der Menschen, vor allem, was das Gefühlsleben betrifft. Die Vernunft wird durch die Kultur programmiert und bereichert. Nicht so das Gefühl. Was den Menschen vom Tier unterscheidet, ist die Verfeinerung des Gefühlslebens, wie das Gefühl zu Kultur wird. Wie lange würde Mademoiselle Delmas' nutzlose Depression anhalten? Wie viele Tränen konnte sie vergießen, ohne daß ihr Augeninnendruck zu hoch wurde? Wie oft würde sie an meiner Schulter weinen, obwohl sie wußte, daß mich die Nähe von Tränen zum Niesen reizt? Ein Reflex, an dem ich seit meiner Kindheit leide. Ich muß gestehen, Mademoiselle Delmas ist sehr ausdauernd in ihren Begierden und in ihrem Unglück und fühlte sich nach dem Verlust des Griechen sehr einsam, und zwar den ganzen Rest des Jahres neunzehnhundertneunundachtzig. Im neuen Jahr schien sie sich ein wenig mit ihrem Schicksal abgefunden zu haben, aber seit sie im vergangenen Frühjahr erfuhr, daß ihr Grieche nach Spanien gefahren war, genauer gesagt, nach Barcelona, ist sie wie besessen davon, seinen Spuren zu folgen, ihn zu finden und ihm einen Neubeginn vorzuschlagen. Vergessen wir nicht, er ist der Mann ihres Lebens, und man lebt nur einmal.«

»Und man muß lernen, zu lieben und zu leben.«

»Ist das ein Sprichwort oder der Vers eines Gedichts?«

»Ein Bolero. Ein Chanson.«

»Es gibt sehr tiefgründige Chansons, in der Tat. Mademoiselle Delmas wartete auf die richtige Gelegenheit, und schließlich konnte ich sie ihr bieten. Als mich das ORTF beauftragte, Verhandlungen mit dem Organisationskomitee der Olympischen Spiele über einen eventuellen Vertrag zur kommerziellen Nutzung von Sendungen zu führen, verlangte ich die Bildung einer Expertenkommission, und in diese Gruppe holte ich Mademoiselle Delmas als Museumsdirektorin. Offensichtlich überraschte meine Wahl, denn weder die Bedeutung des von ihr geleiteten Museums noch ihre Position in der Funktionärshierarchie qualifizierten sie für diese Kommission. Aber ich griff auf einen alten Trick zurück und gab meinen Vorgesetzten zu verstehen, Mademoiselle Delmas und ich seien ein Liebespaar. Ich brauchte nur etwas zu lächeln, wenn ich ihren Namen aussprach. Ein Italiener hätte ein Auge zugekniffen.«

»Ein Spanier auch.«

»Wir Franzosen sind kultivierter. Wir brauchen nur etwas zu lächeln, wenn wir den Namen einer Frau nennen. Danach fiel Ihr Name in einem Gespräch mit unserem Freund ›Le normalien‹. Sie hatten anscheinend südlich von

Bangkok eine sehr interessante Begegnung und reisten sogar zusammen bis nach Malaysia.«

»*Le normalien*‹ war damals Taoist.«

»Zuerst war er Maoist, dann Taoist, und heute ist er Parteigänger seiner selbst. Er war einer der Utopisten, die am längsten aushielten, bevor sie kapitulierten: von Mai '68 bis Juni 1985. Genauer gesagt, bis zum 12. Juni. Damals gab er ein Fest in einem Restaurant, das sich auf Fisch aus Les Halles in Paris spezialisiert hatte, und teilte uns mit, er gehe zum Possibilismus über. Und ein richtig verstandener Possibilismus beginne bei einem selbst. Er kam an meinen Tisch, und ich schenkte ihm das schmutzigste Buch, das ich besaß. Einen Roman von Marguerite Duras, der damals ein Muß war. Mein Freund, besser gesagt, unser Freund, war inzwischen so kultiviert und förmlich geworden, daß er nicht wagte, mein ekelhaftes Geschenk abzulehnen. Er ließ es einfach unter einer Serviette liegen. Marguerite Duras weiß nichts davon und wird es auch nie erfahren. Versprechen Sie es mir!«

»Ich verspreche es Ihnen.«

»Du auch, Claire!«

»Ich verspreche es.«

Die Frau hatte alles Tragische abgestreift. Sie schien sich sogar zu amüsieren und betrachtete die beiden Männer wie zwei Gefährten, mit denen sie einen Streich ausheckte.

»Womit beginnen wir?«

»Gute Frage, Carvalho. Uns bleibt nicht allzuviel Zeit. Die Geschäftsreise darf nicht länger als vierzehn Tage dauern, und das ist bereits eine Maßlosigkeit, obwohl andere Reisen folgen werden, bei denen ich nicht die Möglichkeit haben werde, Mademoiselle Delmas in meinen Koffer zu packen. Der Grieche gehört ganz Ihnen beiden. Er ist eine Person, die mich nicht interessiert. Er riecht nach Salbei und einem Couplet der Mistinguett.«

»Womit soll ich beginnen?«

Diesmal wandte sich Carvalho an Claire und sah, wie sie die Hände in ihre Handtasche steckte und mit einer

Fotografie wieder herauszog, die sie wie eine geweihte Hostie hochhielt.

»Das ist er.«

Solche Typen hatte Carvalho in der Plaka von Athen schon zu Hunderten gesehen, wo sie versuchten, Touristinnen anzumachen. Sie stammten höchstwahrscheinlich aus einem offiziellen Gentechnik-Labor, das die griechische Regierung für die Produktion von Deckhengsten nutzte. Immerhin, das mußte Carvalho zugeben, hatte er sich auf interessante Weise in seiner Reife eingerichtet. Er war ein schöner, vorzeitig gealterter Grieche, und jede Falte seines Gesichts drückte wohl ein Scheitern aus, so wie die Jahresringe der Bäume ihr ganzes Leben und die Wucherungen im Holz jede Verletzung ausdrücken. Vom ersten Moment an, als er ihn auf dem Foto sah, betrachtete ihn Carvalho als siegreichen Rivalen, einen dieser Rivalen, die sich nicht einmal die Mühe machen, dich als solchen anzuerkennen.

»Was noch? Haben Sie irgendwelche weiteren Hinweise? Etwa, in welchen Kreisen er verkehrt? Waren Sie auf dem griechischen Konsulat? Haben Sie sich mit der Botschaft in Madrid in Verbindung gesetzt?«

»All das haben wir getan, umsonst. Niemand weiß, wie er über die Grenze nach Spanien kam; der Zoll hat ihn nicht registriert, und er hat sich weder bei einer griechischen noch bei einer französischen Behörde gemeldet. Wir wissen nur von meinen Schwiegereltern, daß er sich in Barcelona aufhält. Er schreibt ihnen ab und zu, aber ohne Absender. Er kann nichts außer Modell stehen und malen. Finden Sie nicht, daß diese Informationen ausreichen?«

»Nein. Aber ich werde versuchen, etwas zu unternehmen. Wo finde ich Sie?«

»Wir wohnen im *Palace*. Mademoiselle Delmas finden Sie in Zimmer dreihundertunddreizehn und mich in Zimmer dreihundertundfünfzehn. Der Wein war ausgezeichnet.«

Sagte Lebrun, nachdem er den letzten Schluck aus seinem Glas genommen hatte, und erhob sich in der Erwartung, daß Claire es ihm gleichtat, aber sie machte sich über die letzten Canapés mit Taramá her und wiederholte, wie köstlich sie seien. Sie aß so gut, wie sie aussah. Sie bewegte die Lippen, als flüstere sie etwas, und die Wangen, als streichle sie sie von innen. Carvalho kam sich lächerlich vor und löste die Augen von der Frau, um den Blick zu überraschen, mit dem der Franzose ihn betrachtete. Amigo, du zappelst am Haken, sagten Lebruns wimperlose Augen, und Carvalho konnte ihrem Blick nicht standhalten. Ein Häppchen mit Taramá war noch übrig, und sie fragte:

»Darf ich es mitnehmen?«

»Biscuter, pack das Canapé für die Señorita in Alufolie ein!«

»Wenn Sie wollen, mache ich ihr noch mehr, Chef, für unterwegs!«

»Die Señorita will keinen Ausflug machen. Das Canapé ist ein Familienandenken.«

Claire steckte das kleine Päckchen in ihre Tasche und tauchte Carvalho in ein warmes Bad von Dankbarkeit und Liebreiz. Noch stundenlang war er durchnäßt von ihrem Blick, obwohl in der bewußten Erinnerung die Worte, die sie ihm an der Tür gesagt hatte, alles andere zurückdrängten: »Finden Sie ihn, tot oder lebendig!«

Ein Toter ist schwieriger zu finden als ein Lebender, dachte Carvalho, als er das Licht löschte und eine Einsamkeit wiederfand, die er brauchte. Diese beiden schienen aus den Seiten eines Romans herausgerissen, an dem sie gemeinsam schrieben, und es war völlig offen geblieben, was sie miteinander verband. Freunde und Einwohner von Paris. Nachbarn und Einwohner von Paris, und wahrscheinlich Komplizen bei der Suche nach Alekos, dem Griechen. Er mußte sich in Gebiete begeben, die er nicht gewohnt war – Maler und olympische Geschäftemacher, Geschäftemacher mit olympischer Kultur –, um einen zweideutigen Griechen zu finden, von dem man nicht einmal wußte, ob er homosexuell war oder lediglich der allzu schönen und besitzergreifenden Frauen überdrüssig, und es vorzog, sich platonisch in griechische und verächtliche Jünglinge zu verlieben. Wen sollte er bei diesem Stand der Dinge um Auskunft bitten? Er ging die Liste befreundeter Maler durch, die er befragen konnte, und fand sich kurz darauf allein mit dem Namen Artimbau und der Erinnerung an seinen Besitzer. Er tat das gleiche mit all den Genossen aus alten Zeiten, die heute an der Vorbereitung der Olympischen Spiele arbeiteten, und kam auf ein ganzes Blatt voller Namen. Wer in dieser Stadt die Olympischen Spiele nicht vorbereitete, der fürchtete sie, dazwischen gab es nichts. Das Olympische, Präolympische, Transolympische oder Postolympische Büro beschäftigte die Leute, die früher am wenigsten von Olympischen Spielen hielten, Leute, die eine ähnliche Reise gemacht hatten wie ›Le normalien‹, den er im Dschungel getroffen hatte: vom Marxismus-Leninismus in leitende Ämter demokratischer Institutionen und schließlich zur Vorbereitung aller Olympischen Gipfel, die die spanische Demokratie 1992 feiern wollte: die Fünfhundertjahrfeier der Entdeckung Amerikas, die Weltausstellung in Sevilla, die Olympischen Spiele und Madrid als europäische Kulturhauptstadt. Wer nicht wenigstens eine halbe Stunde seines Lebens auf die Vorbereitung der Revolution verschwendet hat, wird niemals erfahren, wie es sich anfühlt, wenn man sich Jahre später bei der Herstellung eines Olymps oder eines Triumphpodiums für die Helden des Sports, des Handels und der Industrie ertappt. Von der Sierra Maestra nach Olympia. Vom Langen Marsch zum Fünfzig-Kilometer-Gehen. Von illegalen Grenzüberquerungen zu Verhandlungen mit den Vertretern aller Kakaofabrikanten der Welt, die auf die Konzession für die Spiele scharf sind. Aus der ganzen Sammlung reumütiger Ehemaliger der Sierra Maestra und des Langen Marsches wählte er wieder einmal ›Oberst Parra‹; in einer anderen Zeit Autor eines Handbuchs des Gefolterten, das auf eigener Erfahrung gründete, hatte er heute umgeschult auf die Auswahl olympischer Sponsoren. Artimbau war inzwischen endgültig

telefoniert und besaß einen automatischen Anrufbeant-
worter. Darauf hinterließ Carvalho die Tonspur einer Botschaft, die ihm ausreichend erschien:

»Ich suche einen griechischen Maler namens Alekos Farandouris, wahrscheinlich ohne Aufenthaltsgenehmigung
und vermutlich schwul. Man sieht es ihm aber nicht an.
Lebendig oder tot. Ruf mich an!«

Um ›Oberst Parra‹ zu erreichen, mußte er die fünftausend Meter Hindernis der Bürokratie und fünftausend
Sekretärinnen überwinden, die alle dieselbe Stimme und
dieselben Abschreckungsfähigkeiten besaßen.

»Sagen Sie ihm, Gorbatschow habe angerufen, um ihm
die Konzession für alkoholfreien Wodka anzubieten.«

»Was sagten Sie, wie sich Ihr Unternehmen nennt?«

»Warschauer Pakt.«

»Ist das eine Musikgruppe?«

»Noch nicht.«

›Oberst Parra‹ sei auf der Westflanke des Olymps verschwunden, empfange ihn aber mit großem Vergnügen am
nächsten Tag, Punkt zehn Uhr. Carvalho rief Biscuter, um
sich zu verabschieden und ihm seinen Eindruck von den
Ereignissen mitzuteilen. In letzter Zeit befand sich Biscuter
in einer Krise, weil ihm Carvalho, wie er fand, zu wenig
Beachtung schenkte. Auch Charo machte eine Krise durch.
Und Bromuro war tot. Vielleicht war er, Carvalho, der Urheber der vielen Krisen, weil er die eigenen Rituale immer
satter hatte und die Rituale der anderen noch mehr. Gott ist
tot, der Mensch ist tot, Ava Gardner ist tot, Marx ist tot, Bromuro ist tot, und ich selbst fühle mich auch nicht besonders
gut, sagte er zu sich selbst. Biscuter gratulierte ihm, daß
sein Ruhm über die Grenzen hinausgedrungen war, und
verfiel wieder in sein nachdenkliches Schweigen.

»Ist das alles?«

»Ohne Ihnen zu nahe treten zu wollen, Chef, ich weiß,
daß es gut gemeint war, aber es gefällt mir nicht, daß Sie
mich bloßstellen, weil ich hinter der Gardine lausche.«

»Aber es war doch der Franzose, der dich entdeckt hat!«

»Der tat wenigstens so, als hätte er mich nicht gesehen. Sie dagegen haben mich bloßgestellt.«

»Du warst der Star der Fiesta, Biscuter. Dein Aufgebot an Weinen hat großen Eindruck gemacht, und den Erfolg deines Taramá hast du ja gesehen! Wie fandst du die Frau?«

»Ich habe mehr auf den Mann geachtet, und – verstehen Sie mich nicht falsch! Ich kenne ihn aus einem Film, aber ich weiß nicht, aus welchem, es fällt mir nicht ein. Er sieht aus wie ein deutscher Spion.«

»Die Deutschen spionieren wieder hinter der Maginot-Linie. Ich wüßte nicht, was die bei uns zu spionieren hätten!«

Mit anderen Worten, Biscuter war nicht von ihr beeindruckt. Carvalho wußte nicht, welche Anweisungen er ihm geben sollte für den Fall, daß Charo anrief, vermutlich weil er nicht wünschte, daß sie anrief, und er ging zu seinem Wagen, um nach Vallvidrera hinaufzufahren. Sein Kopf schwirrte von Bruchstücken des langen Gesprächs, und vor seinen Augen stand das Gesicht von Claire, ihre Augen aus blassem Stein, dieser Mund, der so gut aß, ihr unbewegter Liebreiz, und dahinter vielleicht die tiefe Passivität einer Frau, die wie ein Abgrund offen war für die totalsten aller Abstürze.

»Tot oder lebendig.«

Als er sein Haus betrat, stand das Programm bereits fest. Einige blasse Auberginen nehmen, Moussaka zubereiten und danach *Alexis Sorbas* und *Die apokalyptischen Reiter* suchen, um sie zu verbrennen. Schichten von angebratenen Auberginen wechselten ab mit Schichten von gewürztem Hackfleisch und Schichten von *sofrito* aus Zwiebeln, Tomaten, vielleicht mit etwas Knoblauch und Salbei. Am Ende gab er Béchamel und geriebenen Käse über das Ganze und gratinierte es. Eine Luxusmoussaka, die wenig gemein hatte mit den würfelförmigen Pflastersteinen, die man in den volkstümlichen Tavernen und Imbißbuden Griechenlands bekommt. Einen griechischen Wein hatte er nicht, dafür aber einen sizilianischen Corvo de Salaparuta, der dem griechischen so nahe kam wie die Weine aus

Murcia, Alicante und Algerien. Als die Moussaka bereits nach Erhitzung strebte, ortete er die Bücher und fahndete auf ihren Seiten nach hinreichenden Gründen, um sie zu verbrennen. Da war der Tango, der das Handgemenge des Ersten Weltkriegs ankündigte, in *Die vier apokalyptischen Reiter* von Blasco Ibáñez. Paris, verführt durch die Gebärde des ›Ich habe sie getötet, denn sie war mein‹ oder ›Ich habe ihn getötet, denn er war mein‹: »Ein neues Vergnügen war von jenseits der Meere gekommen, zur Beglückung der Menschen. Die Leute in den Salons fragten einander im geheimnisvollen Ton von Eingeweihten, die einander zu erkennen suchten: ›Tanzen Sie Tango?‹ ... der Tango hatte die Welt erobert. Es war die heroische Hymne einer Menschheit, die plötzlich ihr ganzes Streben auf das harmonische Wiegen der Hüften richtete ...« Und da war auch die Philosophie von Alexis dem Griechen, wie eine Elegie auf das Leben, von einem starken und zartfühlenden Mann, zu Ehren von Madame Bouboulina, der alten Französin, für die Alexis aus dem Blatt eines Baumes die Metapher des Lebens entwickelt: Eine Raupe setzt ihre ganze Energie daran, über die Vorderseite des Blattes zu kriechen, um herauszufinden, welches Geheimnis seine Rückseite birgt, und als es ihr nach vielfältigen Schwierigkeiten gelingt, den Rand zu erreichen, sich aufzurichten und auf die andere Seite zu schauen, entdeckt sie eine zweite, genau gleiche Fläche, die ihr den Beginn und das Ende ihres eigenen Scheiterns vor Augen führt. Es ist unmöglich, aus dem Leben herauszutreten, und ebenso unmöglich, es zu bewahren. War Claire, bei allen Unterschieden an Alter und Schönheit, nicht auch eine Madame Bouboulina, eine Westeuropäerin mit Schuldkomplex, fasziniert vom Mythos der grausam-schönen Zerstörung? Die Bücher brannten, und das Holz begann zu knacken, als das Telefon klingelte. Es war Artimbau, der eher Lust hatte zu plaudern als Informationen preiszugeben.

»Entschuldige, daß ich vielleicht etwas ruppig bin, aber was weißt du über meinen Griechen?«

»Du glaubst, einen Griechen könnte man an jeder Ecke finden! Ich werde die jüngeren Maler fragen. Die in meinem Alter trinken nur noch Mineralwasser und stehen Schlange nach einem Auftrag für olympische Wandgemälde.«

»Auch du, Francesc?«

»Auch ich, Carvalho.«

Als er schon beinahe in den Schlaf gefunden hatte, den Mund voller Geschmack von Salbei und zwei Gläsern Ouzo, der noch von einer Reise mit Artimbau zum Berg Athos stammte, kam der letzte Anruf des Abends.

»Schlafen Sie schon, Chef?«

»Noch nicht.«

»Also, mir ist endlich die Gestalt aus dem Film eingefallen! Der Franzose, der uns besucht hat, gleicht aufs Haar dem Casinobesitzer aus dem Film *Gilda*. Erinnern Sie sich?«

»Du meinst Rita Hayworth?«

»Nein. Rita ist das Mädchen.«

»Bist du sicher?«

»Ganz sicher.«

»Du mußt es ja wissen.«

Zuviel Villa für so wenig Personal. Die Frau, die die Tür zur Straße öffnete, war ihrer Kleidung nach weder das Dienstmädchen noch die Gärtnerin, nicht einmal eine Frau für alles, wirkte jedoch durch die Art, in der sie ihn aufforderte, ihr durch den Garten zu folgen und die Schuhsohlen auf der Fußmatte abzustreifen, als hätte sie die Villa mitsamt der Familie Brando selbst geboren. Sie ging konzentriert, mit gesenktem Kopf, blickte nach links und nach rechts, ob irgend etwas das universelle Gleichgewicht in dem von ihr kontrollierten kleinen Teil des Universums störte, und zeigte keinerlei Interesse an dem Eindringling, der durch diesen Morgen, diesen Garten und das Leben der Brandos gehen würde, ohne daß auch nur sein Name der Erinnerung wert war.

»Wie war doch Ihr Name?«

»Carvalho, Pepe Carvalho.«

Sie ging auf Zehenspitzen über den Fußboden, dessen Säuberung sie so viel Mühe gekostet hatte, und überließ Carvalho seinen Mutmaßungen über die äußeren Erkennungszeichen des Señor Brando. Eine Mischung aus Tradition und preisgekröntem spanischen Design, Möbel vom eigenen oder von fremden Großvätern sowie Belege dafür, daß Barcelona eine der fünftausend Welthauptstädte des Designs ist. Aber vielleicht fehlte es an Harmonie; da war zuviel Sammlerleidenschaft und Wille, einen Geschmack auszustellen, dem das Vergehen der Zeit nichts anhaben konnte. Die Hausangestellte war hinter einer Tür verschwunden und tauchte auf der Schwelle wieder auf, wie die Krankenschwestern in teuren Arztpraxen.

»Wären Sie so freundlich einzutreten?«

Sie ließ ihm den Vortritt und schloß die Tür hinter ihm mit so großer Vorsicht, daß Carvalho aus der Befürchtung heraus, das Holz sei brüchig, mehr Aufmerksamkeit auf ihre Beschaffenheit richtete als auf den Mann, der ihn in der Tiefe seines Büros erwartete. Zu groß für ein privates Arbeitszimmer, wirkte es wie eine Kopie der Büros aller Pseudointellektuellen, die auf diese Weise die Größe ihrer verkannten Begabung demonstrieren wollen. Aus seiner langen Erfahrung als Voyeur von Büros und Klos wußte Carvalho, daß die Pseudointellektuellen auf die einen wie die anderen große Sorgfalt verwenden und bisweilen sogar ungewöhnliche Synthesen aus beiden erzielen, über die noch in keinem Einrichtungsmagazin berichtet wurde.

»Ich bin ein Versager, und meine Frau hat mich vierzehn Tage nach der Hochzeit zum erstenmal verlassen. Aber vor allem anderen gehen Sie bitte auf den Flur hinaus und öffnen Sie ganz plötzlich die zweite Tür links! Vertun Sie sich nicht, die zweite Tür, und ganz plötzlich! Wenn es nicht zuviel verlangt ist, gehen Sie auf Zehenspitzen bis zur Tür und dann, nicht vergessen, ganz plötzlich – zack!«

Er mochte ein Versager sein, aber sein Schreibtisch war ein teures Modell, das Holz der Bücherregale stammte aus einem Luxuswald, und die Lampe war aus hochkarätigem Metall. Mit anderen Worten, er wirkte wie ein solventer Kunde, der sich das Vergnügen leisten konnte, Carvalho zu einem Narren zu machen, der auf Zehenspitzen über einen Flur schleicht und mit Entschiedenheit eine Tür öffnet. Er erfüllte die Anweisungen genau, bis er die Tür erreichte, blieb aber dann stehen und legte sein Ohr an das Holz, das nach Luxusfirnis duftete. Entweder war es eine Hi-Fi-Aufnahme, oder jemand vögelte dort drinnen, mit der Perfektion schwedischer Gymnastik und dem Keuchen von Leuten mit einer Promotion in heimlichen Leidenschaften. Rückzug kam nicht in Frage. Er überwand den falschen Widerstand des vergoldeten Türknaufs und half mit der Schulter nach. Das Mädchen war vom Geschlecht des alten Mannes aufgespießt, der unter ihm lag. Sie war blond, hatte birnenförmige Brüste und schnelle Reflexe, denn sie wandte das Gesicht zur Tür, hörte kurz auf zu keuchen und rief: »Papa! Du bist ein Hurensohn!«

In diesem Moment runzelte der Alte die Stirn, wobei offen blieb, ob er das Gesicht des Eindringlings zu erkennen versuchte oder zu früh zum Orgasmus gekommen war. Carvalho überlegte, sich zu entschuldigen, beschränkte sich jedoch darauf, behutsam die Tür zu schließen und ins Büro dieses Brando zurückzukehren, der ihn in der Gewißheit des Erfolgs seiner Initiative erwartete.

»Was haben Sie gesehen?«

»Ein junges Mädchen ...«

»Siebzehn Jahre ... Meine Tochter.«

»Sie schlief ...«

»Vögelte.«

»Mit einem Herrn, der sich ärgerte.«

»Einem Mann, der ihr Vater sein könnte.«

Brando war zufrieden. Er war weder groß noch klein, weder dick noch dünn, extrovertiert und stolz darauf, die Dinge beim Namen zu nennen, wie die Menschen aus Aragón oder Navarra. Er stammte aus Navarra, wie er bekanntgab, aber sein Familienname sei wohl mitteleuropäischen Ursprungs.

»Brando. Bekannt, nicht? Sehr amüsant, das mit Marlon Brando.«

Ein flüchtiger Moment der Selbstgefälligkeit, um sofort wieder in Melancholie zu versinken.

»Ich bin ein Versager. Meine Frau verließ mich zum erstenmal vierzehn Tage nach der Hochzeit, dann kam sie zurück, wir bekamen einen Sohn, der mir vor kurzem das Geschäft weggenommen hat, und als Dreingabe diese Tochter. Als die Kleine zehn Jahre alt war, verließ mich meine Frau endgültig, für einen Turner, der bei einer Weltmeisterschaft mal den sechsundzwanzigsten Platz belegt hat. Die Ringe waren seine Spezialität. Später stürzte er unglücklich, blieb gelähmt, und meine Frau führt heute ein Fitneßstudio. Das habe ich bis jetzt nicht verstanden. Als wir zusammenlebten, bestand ihr einziger Sport darin, sich die Nägel zu schneiden und Make-up aufzulegen. Mögen Sie Frauen mit viel Make-up?«

Carvalho zuckte die Achseln.

»Sie sind etwa in meinem Alter. Finden Sie nicht auch, daß nichts für das Gesicht einer Frau so gut ist wie Wasser und Seife?«

Es war zwar eine Wiederholung, aber Carvalho zuckte wieder nur die Achseln. Brando erzählte sich jetzt selbst irgend etwas. Die Lippen bewegten sich, aber es war nicht zu hören, was er sagte. An manchen Tagen wird Geduld zur beruflichen Tugend, und so ließ sich Carvalho von den feinsten Weichheiten des eher gesteppten als gepolsterten Sessels einfangen und stimmte sich darauf ein, daß Brando von seiner mentalen Reise zurückkehrte.

»Jeden Morgen kommt das Mädchen in den Anrichteraum, um dort mit ihrer neuesten Eroberung zu frühstükken. Sie paßt genau den Moment ab, in dem ich dort bin, stellt ihn mir vor, zwingt uns zur Unterhaltung und behandelt uns, als seien wir die Männer ihres Lebens. Vor zwei Jahren spielte ich noch den modernen Vater, der alles versteht, und mußte zwei oder drei Jünglinge aus der Abschlußklasse über mich ergehen lassen. Sie war fünfzehn. Als dann die erste Hälfte des neuen Schuljahrs begann, schleppte sie einen von der Sorte an, die Radiodebatten moderieren und in einer Stunde die ganze Galaxie in Ordnung bringen. Ein kleiner Typ mit grauem Bart und katalanischem Akzent. Ich warf sie raus. Monate später kam sie zurück, schwanger, nicht von dem Moderator, sie wußte selbst nicht einmal, von wem. Ich schickte sie mit einer meiner Cousinen nach London. Sie wissen schon, weshalb. Und seit sie wieder hier ist, drücke ich beide Augen zu, plaudere am Frühstückstisch ... Aber jetzt geht es um etwas anderes.«

»Meinen Sie den Alten, der mit ihr im Bett liegt?«

»Nein. Der gehört zu den kleineren Übeln. Er ist ein großartiger Mensch und kann zuhören. Er behandelt sie wie ein Vater. Nein, nein, darum geht es nicht. Hoffentlich bleibt er länger bei ihr ... Aber ich fürchte, sie benutzt ihn gegen mich. Sooft sie kann, zieht sie gehässige Vergleiche.

Alfredo ist genauso alt wie du, Papa, und solche Dinge, die mich kränken. Er nicht. Er ist ein Caballero.«

»Also?«

Die Stunde der Wahrheit war gekommen. Brando wurde traurig, sehr traurig.

»Neulich wurde sie abends bei einer Razzia verhaftet. Die Polizei fahndete nach Ausländern, nach Illegalen ohne Papiere, und sie war dabei. Ich ging und holte sie raus, aber sie wollte mir nicht erklären, was sie dort zu suchen hatte. Die Polizei sagte, man habe beobachtet, wie sie in der Gegend herumlungerte, und sie als Tochter aus gutem Hause eingestuft, die nach einem Dealer sucht ... Verstehen Sie? Dabei bin ich absolut sicher, daß sie weder schnupft noch fixt. Daß sie nicht fixt, ist eindeutig, denn ich gehe manchmal, wenn sie sich im Schlaf aufdeckt, in ihr Zimmer, um sie zuzudecken, und schaue mir die Stellen an, wo man die Nadel einsticht. Und daß sie nicht schnupft, ist so sicher, wie ich Brando heiße. Nur wer selbst schnupft, kann beurteilen, ob ein anderer schnupft oder nicht. Ich nehme Kokain, seit ich dreißig bin, allerdings mit Verstand, das ist richtig. Und ich garantiere Ihnen, daß sie nicht schnupft. Es macht mir Sorgen, daß sie sich in diesen Vierteln herumtreibt. Was sucht sie da? Ich wollte Alfredo aushorchen, den Alten, der mit ihr im Bett ist, aber er beklagte sich nur bitterlich über sie, ganz bitterlich. Das Mädchen erzählt ihm kaum etwas. Sie geht mit ihm ins Bett, bringt ihn zu mir zum Frühstück, und danach ist er Luft für sie, bis sie ihn wieder anruft. Womit würden Sie beginnen?«

Carvalho begann mit der Klärung der finanziellen Konditionen. Brando addierte, subtrahierte und multiplizierte mit seinem Taschenrechner und sah Carvalho prüfend an. Zweifellos entsprach Carvalhos Erscheinung nicht der Höhe seiner Preise, aber Brando nickte entschlossen.

»An die Arbeit! Was wichtig ist, ist wichtig.«

Einen oder zwei Griechen suchen und ein freches junges Mädchen vor sich selbst beschützen – das konnte zuviel werden, wenn man es gleichzeitig anging, aber die Franzosen würden wieder abreisen, und Carvalho war auf die einheimische Klientel angewiesen, weshalb er beschloß, den Fall der auf Abwege geratenen Tochter zunächst zurückzustellen und so schnell wie möglich den kosmopolitischen Auftrag zu erledigen, der Biscuter auf so hohe künstliche Absätze gestellt hatte. Er machte sich also auf zu ›Oberst Parra‹, dem Herrn und Schöpfer in einem der vielen hundert Geschäftslokale im Dienst von den vielen hundert Behörden, die sich einer perfekten Organisation der Spiele widmeten. ›Oberst Parra‹ trug seit zwanzig Jahren Krawatte. Man mußte ihm das Verdienst zusprechen, der erste Revolutionär gewesen zu sein, der sich der Krawatte ergab, als er einen Posten als Analyst in einer der wichtigsten Banken Spaniens bekam. Jetzt aber trug er ganz unverblümt Krawatte, eine jener Krawatten, die Kultur bezeugen – Markenkultur, Krawattenmarkenkultur –, eine von der Sorte, die nur Krawatten-Experten erkennen, und in diesen Kreisen faßt man die Krawatte an wie ein Geschlechtsteil, wie ein Mitglied in der Freimaurerloge der Naturseide-Krawatten. Und alles andere blieb Accessoire. Parra war zwar älter als Carvalho, doch daß er alterte, wurde ständig relativiert von der Modernität seiner Krawatte. Er wollte Carvalho abwimmeln, und diesem Wunsch zugrunde lag das rassische Vorrecht eines Gucci-Krawattenbesitzers gegenüber einem Carvalho, der die einzige trug, die er hatte – eine schmale Minikrawatte aus billigster Thaiseide, eher Reisesouvenir als Krawatte im eigentlichen Sinn.

»Georges Lebrun? Laß mich in meinem Heuhaufen wühlen, um diese Nadel zu finden! Weißt du, was du da von mir verlangst? Weißt du, wie viele Ausländer zur Zeit in der Stadt sind und versuchen, bei den Spielen ihren Schnitt zu machen? Olympische Spiele spülen alles an, von der Stecknadel bis zum Elefanten. Ich habe hier eine komplette Sammlung von Stecknadelverkäufern und eine ebenso komplette Sammlung von Elefantenverkäufern.«

»Meiner verkauft Kultur.«

»Also suchen wir in der Kulturabteilung. Frankreich. ORTF. Weißt du, wie viele Angebote wir von ORTF haben?«

»Du weißt, wie beschränkt ich bin.«

»Georges Lebrun. Produktion pädagogischer Olympia-Serien. Warte einen Moment, bis meine Sekretärin ihn in den Computer eingegeben hat!«

»Du mußt aber zuerst einmal eingeben, welche deiner fünftausend Sekretärinnen ihn in den Computer eintippen soll!«

»Pepe, du wirst einfach nicht erwachsen! Denk an den Aphorismus von Herbert Spencer: Erwachsen werden oder sterben!«

»Zu meiner Zeit galt Spencer als Vorläufer des Faschismus.«

»Heute gilt er als Teil des pluralistischen sozialdemokratisch-liberalen Erbes. Wir werden also ein weiteres Jahrhundert unter diesem philosophischen Druck leben. Wehr dich nicht! Laß dich in den Arsch treten und genieße es! Entweder du wirst erwachsen oder du stirbst. Die Berliner Mauer ist schon gefallen!«

»Dir scheint's gut zu gehen, Oberst!«

»Hör endlich auf mit deinen Scherzen! Den Dienst in dieser Armee habe ich schon vor langer Zeit quittiert!«

Er erteilte Anweisungen mit einem Diktaphon, das ebenfalls Krawatte zu tragen schien. Alles in diesem Büro trug Krawatte.

»Die Herausforderung durch die Olympischen Spiele kann schrecklich sein. 1992 wird ein entscheidendes Jahr. Die Augen der ganzen Welt werden auf Spanien gerichtet sein.«

»Das ist uns seit dem Bürgerkrieg nicht wieder passiert. Ich glaube, es war damals, als wir uns zum letztenmal die Titelseite der New York Times verdient haben.«

»Nostalgie ist ein Fehler, Pepe.«

»Und die Ironie?«

»Ein Störgeräusch.«

Aus einem Drucker hinter Oberst Parra fuhr der unsichtbare Mann – oder vielleicht eine unsichtbare Frau – eine Zunge aus Papier aus, die dann plötzlich innehielt, inmitten tellurischer Stille. Der Oberst a.D. Parra streckte, ohne den Kopf zu wenden, den Arm aus und riß mit der Präzision des Experten den Papierstreifen ab. Er las, was darauf stand, und musterte dann Carvalho, ohne seine Information preiszugeben.

»Wozu willst du das wissen? Dieses Büro kann nicht einfach mir nichts, dir nichts Informationen herausgeben. Hier stehen täglich Hunderte von Millionen Pesetas auf dem Spiel.«

»Er ist ein Klient. Die Sache hat nichts mit deinem multinationalen olympischen Laden zu tun. Es geht um einen Griechen, einen armen Griechen auf der Flucht vor einer Frau. Es ist nicht einmal ein olympischer Grieche.«

»Schwörst du mir das?«

Er bejahte mit den Augen und bekam dafür Lebruns Akte: »Georges Lebrun, neununddreißig Jahre alt, geboren in Paris. Beamter des ORTF im Rang eines stellvertretenden Generaldirektors. Sache: Olympia 2000. Pädagogische Videos über den olympischen Geist auf der Basis von Filmaufnahmen der Olympischen Spiele in Barcelona. Vorverträge mit vierzig Ländern. Vertraulicher ökonomischer Bericht AYF 36. Positive Bewertung C. Verlängerung mit 62.«

»Hier fehlt, daß er Bücher mit Rotz und Fruchtsaft beschmiert. Dein Computer ist scheiße. Was noch?«

»Sonst nichts.«

»Hast du einen persönlichen Eindruck von Monsieur Lebrun?«

»Wozu? Von persönlichen Eindrücken habe ich überhaupt nichts. Ich nehme täglich Termine mit fünfzig Leuten wahr. Wer kann sich fünfzig persönliche Eindrücke merken? Er ist ein Funktionär, sehr fähig, wie ich meine, und spricht in Daten, die wir mit den Rechnern verarbeiten. Vielleicht esse ich in den nächsten Tagen mit ihm, wenn der Computer eine positive Information errechnet und meine politischen Chefs ihr Placet geben.«

»Wer sind deine politischen Chefs?«

»Nani Gros, Tere Suroca und in letzter Instanz Pascual Verdaguer. Also *Chu En-lai, La Idanova* und *El Melancólico*, um ihre Kampfnamen zu nennen.«

»Aus welchem Kampf? Ich lade dich in den nächsten Tagen zum Essen ein. Wenn du willst, bei mir zu Hause.«

»Ich esse nur italienischen Salat und blauen Fisch vom Grill.«

»Wieso blauen?«

»Man hat entdeckt, daß sie sich sehr positiv auf den Cholesterinspiegel auswirken. Ich habe noch keine Probleme damit, aber vorbeugen ist besser als heilen. Sonst alles klar?«

»Alles klar. Ich ruf dich an.«

»Das tut meine Sekretärin schon. Ich bin viel unterwegs. In ein paar Tagen fahre ich nach Seoul und informiere mich über die dortigen Auswirkungen der Olympischen Spiele.«

»Eines Tages wird man uns hier besuchen, um sich über die Auswirkungen der Spiele zu informieren.«

»Wir werden sehen.«

Carvalho verließ das Büro mit einem Schritt, der sportlich wirken sollte, um sich dem Niveau der hier Versammelten gewachsen zu zeigen, obwohl dem Überfluß an Krawatten ein gewaltiger Mangel an Muskeln gegenüberstand.

Er hatte sich mit Artimbau im *Pa i Trago* verabredet und freute sich auf ein solides und solidarisches Frühstück mit einem, der keine Angst davor hatte, vor seinem achtzigsten Geburtstag zu sterben. Doch er fand den Maler so schlank und mit so gut sitzender Kleidung vor, daß es keiner Worte bedurfte, um zu verstehen, daß auch er auf die Seite der gastronomischen Repression übergelaufen war, auf die Seite der lebendigen Toten und der Theologen der Ernährung. Der Maler bestellte eine jämmerliche Portion Frischkäse und Kaffee ohne Zucker, wobei er sich bemühte, nicht auf

Carvalhos *cap-i-pota con sanfaina* zu starren. Der Detektiv schilderte ihm die Situation, ohne sich in Einzelheiten über seine Klienten zu verlieren, erzählte aber von der Begegnung mit Pedro Parra.

»Den habe ich nicht kennengelernt. Ich gehörte zur Zelle der Plastiker.«

»Das klingt schrecklich.«

»Aber es stimmt, was du sagst. In dieser Stadt wird kein Finger mehr gerührt, wenn es nicht irgendwie mit den Spielen zu tun hat. Es gibt Leute, die kommen und kaufen den Schauplatz, andere kommen, um ihn zu sehen, und wir übrigen versuchen, ihn zu verkaufen. Es gibt keinen Künstler in der Stadt, der nicht darauf lauert, daß irgend etwas vom olympischen Kuchen für ihn abfällt. Den Löwenanteil kriegen die Architekten, aber es werden auch Skulpturen und Wandmalereien benötigt.«

»Ich glaube, mein Grieche gehört nicht zu den Auserwählten. Er war vor etwas auf der Flucht oder wollte einem Ereignis zuvorkommen.«

»Wenn er Modell steht, tut er das normalerweise in den Kunstakademien, in den offiziellen oder in den weniger offiziellen, oder in der Kunsthochschule Eina, die auf dem Weg zu deinem Haus liegt. Aber nach dem, was du mir erzählt hast, wirst du ihn wahrscheinlich in den Gassen um die Kathedrale oder vor der Sagrada Família finden, wo er Touristinnen porträtiert. Vor einem oder anderthalb Monaten hättest du's leichter gehabt, ihn zu finden. Zur Zeit flanieren die Menschen nicht so zahlreich durch die Straßen, weil überall Baustellen sind. Und ihn ausgehend von der Nationalität zu suchen ist wie russisches Roulette spielen. Du müßtest in jeden Winkel schauen, wo ein Maler überlebt, und fragen: ›Überlebt hier ein Grieche?‹ Es heißt, man hätte mit Malen noch nie so viel Geld verdient wie heute, aber es hat auch noch nie so viele Maler gegeben, die nichts auf der Palette haben. Ich habe zwanzig Jahre gebraucht, um eine gewisse finanzielle Sicherheit zu erreichen. Wenn heute ein Maler mit fünfundzwanzig noch nicht ganz oben ist, hält er sich für einen Versager.«

»Und was macht er, wenn er sich für einen Versager hält?«

»Wahrscheinlich fährt er damit fort, sich für einen Versager zu halten. Pepe, ich komme mit diesen jungen Malern nicht klar und mache mir allmählich Sorgen. Mein Leben lang habe ich dafür gekämpft, daß jede Art von Malerei zugelassen wird, in einer Zeit, als eine brutale Diktatur der abstrakten Malerei herrschte und du keinen Fuß auf die Erde bekamst, wenn du zwei oder drei Kritikern nicht genehm warst. Aber heute kann jeder Verrückte mit seinem Schwanz eine ›Hommage auf AIDS‹ malen, und am nächsten Tag hängt das Bild im Museum.«

»Wenn man anfängt, die Vergangenheit mit der Gegenwart zu vergleichen, ist das ein Zeichen dafür, daß der Vergleichende alt wird. Es passiert unvermeidlich, aber man muß es im stillen tun und darf niemals damit herausrücken. Ich war immer ein untypischer Detektiv, aber wenn ich dir erzählen würde, wie die großen Ermittlungsbüros ihr Geschäft aufziehen, würdest du mir tausend Pesetas und den guten Rat geben, lieber im Kirchenchor zu singen.«

»Wir sind die letzten Handwerker, die es noch gibt, und wir müssen zusammenhalten. Ist dein *cap-i-pota* gut?«

»Warum bestellst du dir nicht eine Portion?«

Er schloß die Augen und öffnete sie erst wieder, um eine Portion Stockfisch mit Bohnen und einen *porrón* Rotwein zu bestellen.

»Heute lasse ich das Mittagessen ausfallen.«

Daß sich seine Stimmung besserte, als er den Magen mit den Früchten der Erde und des Meeres füllte, bestätigte die Behauptung, es gebe keine Wirkung ohne Ursache.

»Besuche meinen Freund, den Maler Dotras. Er ist der Ausgeflippteste aus unserem Jahrgang und immer als Jüngling verkleidet. Wenn es deinen Griechen gibt, dann kennt er ihn, und wenn er schwul ist, um so sicherer. Nicht weil Dotras selbst schwul ist, aber seine Frau findet sie reizend und liebt es, Homosexuelle auf die mütterliche Art zu verführen. Wenn man über fünfzig ist, bleibt einem nichts anderes übrig.«

»Und Dotras schaut zu?«

»Dotras ruht sich aus. Wenn du sie kennen würdest, würdest du ihn verstehen.«

Der Maler, den ihm Artimbau genannt hatte, lebte in einer halbversteckten Gasse hinter der Plaza de Medinaceli, auf halbem Weg zwischen dem Barcelona, das an der Moll de la Fusta das Meer wiederentdeckt, und dem Barcelona der Fixer, Stricher und Kiffer in der Calle Escudillers und rund um die Plaza Real. Kleine und große halbverfallene Häuser für die Armen und Reichen des siebzehnten und achtzehnten Jahrhunderts, an die sich nicht einmal die Spitzhacke der Spekulanten gewagt hatte, und so gab es dort sogar noch Innenhöfe mit wild wuchernder Vegetation, die über die Mauern rankte wie ein Protest der Natur gegen die düstere Stadt. Läden mit billigen Keksen und Würsten, hundertgrammweise verkauft an alte Menschen und Einwanderer, die aus irgendwelchen Geographiebüchern oder den Polizeiakten der schäbigsten Abteilung von Interpol entflohen waren. Wohl wegen der Unverkäuflichkeit dieses städtischen Grund und Bodens gab es in den großen Mietshäusern noch großzügige und noble Räume für tatsächliche und vermeintliche Künstler und Modelle. Dotras war in den siebziger Jahren einer der vielversprechendsten Künstler gewesen und war es noch immer, dank einer bedingungslos treuen Kundschaft, zu der jede Menge reiche Schwule gehörten, die seine Frau hegte und pflegte, als seien sie Blumentöpfe voller Kletterröschen. Einen Teil seiner Produktion widmete er daher den Porträts von Müttern reicher Homosexueller und von Athleten, die Anstrengungen erlegen waren, über deren Natur das Bild nichts verriet. Aber Dotras' Alleinstellungsmerkmal war die *Pateographie*, eine automatistische Maltechnik, die darin bestand, zuerst verschiedene Farbpasten auf einem Brett zu verteilen und dieses dann mit der bestrichenen

Seite nach unten auf riesige Kartons von Fußbodengröße zu legen. Zuletzt stampfte der Maler im unübertragbaren Rhythmus eines Flamencotänzers zwischen Improvisation und epileptischem Anfall auf dem Brett herum. Noch nie hatte er eine *Pateographie* verkaufen wollen. Er hortete sie in einem großen Mietshaus, das mit den größten Schlüsseln der Stadt verschlossen war, um sie eines Tages an die acht Söhne zu vererben, die er mit drei verschiedenen Frauen gezeugt hatte: Fünf davon waren Mitglieder der Rockband ›Los Musclaires‹, die drei anderen besetzten gutbezahlte Posten bei der Katalanischen Sparkasse. Einer war sogar Prokurist. Carvalho wußte nicht mehr über Dotras, als ihm Artimbau erzählt hatte, aber es war ein unvermeidliches Ritual, daß Dotras jedem Besucher, kaum daß er die Schwelle der Atelierwohnung überschritten hatte, seinen Lebenslauf überreichte, verfaßt von einem der fünftausend besten Dichter Andalusiens im Tausch für die einzige *Pateographie*, die Dotras je verschenkt hatte.

»Man sollte wissen, mit wem man spricht.«

Das erklärte ihm dieser Mann in einer Weste, die gefertigt war aus der Cretonne von Vorhängen, die ganz gewiß aus einem anthropologischen Museum geraubt worden waren. Aus demselben Museum schien auch er selbst entflohen zu sein, als er einen Moment der Unaufmerksamkeit der Anthropologen ausnutzte. Er trug seine mächtige graue Mähne ungekämmt über dem von Geburt an dunkelhäutigen Gesicht, nachgedunkelt durch das Sonnenbad, das er jeden Morgen am Hafen nahm, denn die Sonne ist der Gott des Lebens, und wenn ich ein Ägypter gewesen wäre, hätte ich mich dem Sonnenkult ergeben. Meine Leidenschaft ist die Mythologie. Die Frau trug hinten die langen grauen Haare lose bis zur Taille und vorne die enormen Brüste, ebenfalls lose und bis zur Taille, sowie eine schwarze Tunika, die von einer goldenen Kordel zusammengehalten wurde, und bunte Sandalen. Sie grüßte den Gast kaum; ihre Aufmerksamkeit galt dem Telefon, das als einziges Element in diesem großen Atelier nichts mit Malerei zu tun hatte.

Leinwände, fertige oder halbfertige Bilder, Hocker, Paletten und frische Farbspritzer am Himmel und auf Erden, wie die Reste eines Farbenbanketts, und eine Hühnerleiter führte zu dem Hochbett, in dem Dotras seine letzten fünf Kinder mit dieser Walküre auf Halbmast gezeugt hatte.

»Hier ist die Zuflucht der freien Stadt. Und das war sie noch viel mehr vor fünfzehn Jahren, als wir alle noch naiv waren und an die Auferstehung der Gerechten glaubten. Es gibt nur noch wenige Inseln in dieser Stadt. Das hier ist die Insel von Dotras, auf der sich alle verlieren können, wo sich aber auch alles finden kann. Was suchst du?«

»Einen Griechen.«

»Remei, haben wir einen Griechen?«

»Zwei«, antwortete Remei, ohne den Hörer vom Ohr zu nehmen.

»Da hören Sie's. Wenn Remei das sagt, dann stimmt es. Wir hatten hier sogar schon iranische Prinzen und Liebhaber der iranischen Kaiserinmutter, einer sehr fickfreudigen Dame.«

»Farah Diba?«

»Nein. Die Mutter des Schah. Sie trieb es sogar mit Zwergen. Sind Sie Ausländer? Vielleicht aus Zamora?«

»Nein. Warum?«

»In letzter Zeit scheint hier alle Welt aus Zamora zu kommen. Wissen Sie, wo Zamora liegt?«

»Nein. Aber es gibt dort einen ausgezeichneten Wein. In der Kleinstadt Toro.«

»Das weiß niemand. Es ist wie das spanische Bermudadreieck. Sind Sie Hausierer?«

»Nein. Artimbau schickt mich. Ich suche einen Griechen.«

»Ach ja, ich erinnere mich. Wir haben zwei. Welcher darf's denn sein?«

»Er hat den Körper von Antinoos und den Kopf eines türkischen Piraten.«

»Ein Mischling also. Remei, welcher der beiden Griechen hat den Körper von Antinoos und den Kopf eines türkischen Piraten?«

»Alle Griechen sehen gleich aus«, antwortete Remei, ohne vom Telefon abzulassen, und in diesem Moment stand Carvalho auf, ging zu der Frau, nahm ihr den Hörer aus der Hand und legte auf, wobei er sein Gesicht bis auf wenige Zentimeter dem ihren näherte.

»Ich muß mit Ihnen reden.«

»Kennen wir uns?«

»Wie ich hörte, führen Sie jedes Frühjahr, wenn also im Corte Inglés schon Frühling ist, die ganzen Schwuchteln der Stadt zum Einkaufsbummel aus.«

»Mutter zu sein ist meine große Berufung. Wenn Dotras nicht unfruchtbar geworden wäre, hätten wir zwölf Kinder.«

»Es sind die Farben. Sie enthalten Chemikalien, die dem Schwanz schaden«, sagte Dotras und legte eine Hand auf sein Geschlecht.

»Die Schwuchteln, wie Sie sie nennen, werden nie ganz erwachsen. Sie hingegen sind allzu erwachsen geworden.«

»Darüber sind die Meinungen geteilt. Ich suche einen Griechen mit dem Körper von Antinoos und dem Kopf eines türkischen Piraten.«

»Alle Griechen haben den Körper von Antinoos, und mit den Jahren bekommen sie das Gesicht eines türkischen Piraten. Was wissen Sie sonst noch über ihn?«

»Er heißt Alekos, ist Maler, steht Modell, vielleicht ist er auch homosexuell, aber das weiß man nicht genau.«

»Alekos.«

Remei murmelte es vor sich hin, als wolle sie den Namen in einem Schubfach ihres Gedächtnisses ablegen.

»Ein griechischer Sänger hat mir früher sehr gut gefallen, Alekos Pandas. Er sang auf dem Mittelmeer-Festival, Anfang der sechziger Jahre, als ich jung war. Wo waren Sie im Sommer neunzehnhundertzweiundsechzig?«

»Im Knast.«

»Gauner?«

»Nein, Kommunist. Aber dann tötete ich Kennedy und mit den Jahren kam ich zur Vernunft.«

»Sie fehlen noch auf unserer Party«, rief Dotras, der alles von einem hohen Gerüst aus mit angehört hatte, wo er saß und den Norden einer riesigen Leinwand bemalte.

»Kommen Sie heute abend! Manchmal kommen Griechen, manchmal auch Mohikaner, jedenfalls immer die letzten ihres Stammes. Es gibt Korbflaschen mit Wein aus Alella und harmloses Kif, wie es die Rekruten in den vierziger Jahren geraucht haben. Das ist alles. In diesem Hause fixt keiner, und es gibt keine rassistischen Vorurteile, weder gegen Griechen noch gegen Türken. Heute abend singen meine Söhne, die ›Musclaires‹, und meine anderen Kinder, die Normalen, bringen ihre Frauen und Kinder, *panellets* und Muskatwein mit, weil bald Allerheiligen und Totensonntag ist. Haben Sie AIDS?«

»Ich glaube nicht.«

»Diese Wohnung betritt keiner, der AIDS hat.«

»Keiner«, echote Remei, während sie das Telefon, ihre eigene Zeit und ihren eigenen Raum wieder in Besitz nahm.

»Soll ich etwas mitbringen?«

»Freunde, sich selbst, zweitausend Pesetas pro Person und eine Flasche mit etwas, das man nicht jeden Tag bekommt.«

»Was halten Sie von einem zwanzig Jahre alten Knockando?«

»Amigo, wenn Sie den mitbringen, werden Sie hier wie der Zar persönlich verwöhnt!«

Carvalho verließ das Labyrinth der Gäßchen und schaffte es schließlich, nachdem er vier unbenutzbare Telefonzellen angelaufen hatte, im *Palace* eine Nachricht für Claire und Georges zu hinterlassen. Er bestellte sie auf 22 Uhr in die *Casa Leopoldo* mit der Aussicht auf eine lange Nacht beim Atelierfest eines griechensammelnden Malers.

»Vergessen Sie das mit der Griechensammlung nicht!« schärfte er dem Portier ein, der die Nachricht aufnahm, und schickte sich an, den Rest des Tages totzuschlagen, weit entfernt von allem, was die freudige Erwartung der Begegnung mit Mademoiselle Delmas trüben konnte. Er ging im Büro vorbei, für den Fall, daß sich jemand oder etwas in Biscuters telefonischen Spinnennetzen verfangen hatte.

»Mister Brando hat mehrmals angerufen und nach Ihnen gefragt.«

»Wieso nennst du ihn Mister?«

»Wie soll ich ihn denn sonst nennen, bei dem Familiennamen?«

Mister Brando. Er wußte nicht recht, ob er sich angesprochen fühlen oder den verfolgungswilligen Vater ignorieren sollte; schließlich war es wenig, was er ihm liefern konnte als Bilanz dessen, was er nicht getan hatte. Ihm war alles lästig, was seiner Beziehung zu Claire und den Griechen hinderlich sein konnte. Aber er hatte tote Stunden vor sich und machte sich daher auf den Weg zur nächstliegenden Kontaktperson, um den arglistigen nächtlichen Umtrieben jenes jungen Mädchens, das entlaufene Männer ohne Halsband bumste, auf die Spur zu kommen. Der Apfel fällt nicht weit vom Stamm – wahrscheinlich war ihre Mutter die Trägerin der amoralischen Chromosomen, denn es stand zu bezweifeln, daß der Vater überhaupt etwas zu diesem Geschöpf beigetragen hatte. Das Fitneßstudio war von Opel Kadetts und weißen Volvos umzingelt. Trotzdem saß niemand an der Rezeption, und Carvalho konnte bis zu einem riesigen Fenster vordringen, das eine halbe Wand einnahm und auf einen Raum ging, in dem etwa zwanzig Frauen in bunter Sportkleidung den Anweisungen der Trainerin Folge zu leisten versuchten. Obwohl es einige bemerkenswerte Körper gab – andere waren von einer geradezu deprimierenden Mittelmäßigkeit (wenn man die Marken der Autos ihrer Besitzerinnen berücksichtigte) –, mußte der Blick des Spanners unweigerlich an der Sportlehrerin hängenbleiben, deren kleiner kräftiger und wohl fünfzigjähriger Körper von einer platinblonden, ungelockten Mähne, die wie ein Helmbusch über dem Harpyiengesicht thronte, abgeschlossen wurde. Ihre Lippen spuckten kleine und große Gemeinheiten aus.

»Mensch, Merche, hoch mit dem Arsch, das ist ja schon mehr als ein Arsch ... Und was ist mit dir, Pochola, ist das ein Arm oder ein amputierter Stumpf? ... Auf, auf, Kopf hoch und einatmen, als ob ihr die Luft kostenlos kriegen würdet, verdammt!«

Nicht der geringste Widerspruchsgeist bei den Untertaninnen.

»Lula, das hier ist Sport, nicht nur ein bißchen Arschgewackel ...«

Ihre Muskeln litten so sehr, daß ihnen die Worte wie eine angenehme Begleitung erschienen. Die Trainerin beschränkte sich darauf, die Übung nur einmal vorzumachen, um dann zwischen ihren Opfern umherzuspazieren und ihnen mit einem Stöckchen Schläge auf die Körperzonen zu geben, die sich in schlechtem Zustand befanden oder bei der befohlenen Übung desertierten. Beim Umhergehen entdeckte sie irgendwann Carvalho hinter der Scheibe und rief ihm zu: »Lieferanten mittwochs, und bezahlt wird am zwanzigsten des Monats!«

Damit wandte sie sich ab, des Erfolges ihrer Parole sicher, aber als sie beim nächsten Durchgang Carvalho am selben Platz entdeckte, warf sie empört das Stöckchen zu Boden und schoß auf ihn zu, was die Leidenden sofort ausnutzten, um die Reihen aufzulösen und zu entspannen. Manche legten sich sogar auf den Boden, um die Kühlung und die gnädige Geborgenheit dieses so harten Bettes zu suchen. Indessen rückte die Leiterin Carvalho auf den Leib, und er beschloß, ihr entgegenzugehen, um sie zu bremsen. Kaum gewohnt, daß sie keinen Schrecken erregte, war die Frau etwas verwirrt, als sich Carvalho über die Hand beugte, die am meisten mit Ringen bedeckt war, und einen Handkuß andeutete, zu dem es nicht kam, weil es nicht seine Absicht war und weil sie den bedrohten Appendix wegzog wie jemand, der vor den Spritzern heißen Öls zurückzuckt.

»Hören Sie schlecht?«

»Señora Brando?«

»Señora was?«

Nicht die Worte selbst, sondern der Tonfall veranlaßte Carvalho zu dem Vorschlag, einen ungestörteren Ort aufzusuchen, was sie schon mit Gezeter ablehnen wollte, bis sie sah, daß ihre Kundinnen, plötzlich von ihrer Müdigkeit kuriert, sich hinter der Scheibe drängelten und sich die besten Plätze streitig machten. Ein megatonnenschwerer Blick genügte, damit die Turnerinnen wieder ihre Ausgangspositionen einnahmen, und das sich anschließende Grunzen klang für Carvalho wie die Aufforderung, ihr zu folgen. Das Büro, das sie betraten, hatte nichts Merkwürdiges an sich, abgesehen von einem Mann im Rollstuhl, der an einem Klapptisch gegen sich selbst Karten spielte. Die Frau strich zärtlich über den Kopf des Mannes, der die beiden Eintretenden kaum beachtete, und verschanzte sich hinter einem mit Papieren übersäten Tisch. In ihrem Gesicht war alles erschlafft, außer der Zunge, ein klarer Beweis für die Nutzlosigkeit all des kompensatorischen Make-ups in den langen Jahren einer unglücklichen Ehe.

»Was will dieser Trottel von Brando diesmal?«

»Besuchen Sie Ihre Tochter regelmäßig?«

»Sie besucht mich, wenn sie Geld braucht. Aber vor allem den Unglücklichen hier, der gibt ihr alles, was sie will.«

Der Unglückliche wandte den Kopf. Er bewahrte sich das Lächeln des Tages, an dem er den sechsundzwanzigsten oder siebenundzwanzigsten Platz bei der Turn-Weltmeisterschaft belegt hatte.

»Lach nur, lach nur! Das kleine Luder weiß genau, wie sie dir die Kohle aus den Rippen leiert!«

Es lag Zärtlichkeit in der Stimme dieser Bestie, und Carvalho ließ einen langen und erbitterten Vortrag über sich ergehen, in dem sie sich über die diversen Mängel von Brando und die Ungerechtigkeit ausließ, daß sie jetzt für ihre Tochter einstehen sollte. Wenn die Polizei sie festnehmen würde, käme sie schon zur Vernunft. Aus fremdem Schaden ist noch keiner klug geworden. Von den heimlichen Machenschaften ihrer Tochter wußte sie nichts. Vielleicht ihr Bruder.

»Bitten Sie um Audienz, und wenn der Herr so gnädig ist, sie zu gewähren ... Ab und zu versucht er, das Mädchen in den Senkel zu stellen, aber alle anderen rückt er dabei jedesmal ins schlechteste Licht, vor allem ihren Vater und mich. Er hat überhaupt nichts von mir. Ich nenne die Dinge immer beim Namen.«

Anscheinend war es ein Familienmotto, das die Scheidung unbeschadet überstanden hatte. Oder vielleicht blieb zwei Wesen, die beide danach süchtig waren, die Dinge beim Namen zu nennen, im Konfliktfall kein anderer Ausweg als ein nicht perfekter Mord oder die Scheidung. Nein, sie glaubte nicht, daß das Mädchen einen stärkeren Kick suchte, sie war keine von dieser Sorte, sie erregte ja so schon genug Hochspannung. Der Invalide war immer noch sehr erfreut und nickte.

»Sehen Sie, wie ihm der Speichel läuft, wenn ich von dem kleinen Luder spreche!«

»Aber irgend etwas sucht sie.«

»Da können Sie sicher sein. Wenn die was ins Auge faßt, erreicht sie es auch. Die verschwendet nicht mal eine Handbewegung. Es sieht so aus, als sei sie ein Dummkopf. Alles andere, aber dumm ist sie nicht! Sie weiß genau, was sie will, und sie hat es schon geschafft, über die Leiche ihres Vaters zu gehen. Finden Sie nicht auch, daß er wie eine Leiche aussieht?«

Wenn er jetzt ja sagte, waren sie schon nahezu Freunde. Alle drei. Denn der Kartenspieler und ehemalige Nummer sechsundzwanzig oder siebenundzwanzig der Turn-WM tanzte mit seinem Rollstuhl und freute sich königlich über alles, was passierte, als gefielen ihm Carvalhos Gesellschaft und der sanfte Ton, den seine Frau angeschlagen hatte. Und diese, ebenso erfreut, ging zu ihm hin, zupfte seine schon wie von selbst belebte Kleidung zurecht und strich ihm wieder übers Haar.

»Er spricht kaum. Aber er sagt alles, was er sagen muß. Die Invaliden sind die besten Ehemänner.«

»Rufen Sie Ihre Tochter an! Sprechen Sie mit ihr von

Frau zu Frau. Fragen Sie sie, was sie an jenem Abend unter den ganzen elenden Junkies und Dealern gesucht hat!«

»Wenn sie Geld braucht, wird sie schon kommen. Aber ich werde kein Wort aus ihr herauskriegen. Der da, der sagt keinen Ton und entlockt ihr alles, was er will.«

»Rufen Sie mich an?«

Sie nickte und erklärte die Audienz für beendet. Sie ging Carvalho über den Flur voraus und hielt einen gewissen Abstand zu dem großen Fenster, das auf den verschwitzten Käfig ging, wo die Frauen nun ein Kaffeekränzchen hielten und die kleinen Weisheiten gelangweilter und reicher Hausfrauen austauschten.

»Schauen Sie mal, wie die Papageien!«

»Sie behandeln sie sehr schlecht.«

»Anfangs bin ich ihnen rücksichtsvoll begegnet, und sie tanzten mir auf der Nase herum. Das sind Mädchen aus gutem Hause, die nie erwachsen werden. Aber wenn man sie ein paarmal anschreit, nehmen sie sich zusammen. Die kommen, um sich von den Masseuren und den Whirlpool-Wirbeln durchwalken zu lassen. Die brauchen es, daß jemand sie wie Rekruten triezt. Die hätten wirklich einen richtigen Wehrdienst nötig, und zwar vierundzwanzig Monate mindestens!«

Er verließ die Trainerin, während sie neue Grausamkeiten gegen die erlesensten Körper der Stadt ausheckte. Die viele Gymnastik hatte seinen Appetit geweckt, und er überlegte, ob er im Restaurant *La Odisea* die Autorenküche von Antonio Ferrer genießen oder dem Team von *Nostromo* den Vorzug geben sollte, zwei Seeleuten, die sich nach den Erlebnissen auf der ›Rose von Alexandria‹ als Restaurantbesitzer niedergelassen hatten. Das *Nostromo* lag an der Ecke einer der Gassen hinter dem Hotel *Colón*, in der Nähe des *Odisea*, und hatte sich gänzlich der Seefahrt verschrieben: Das begann mit dem Namen – eine Hommage an Conrads gleichnamigen Roman – und reichte bis zu den kleinsten Details der Inneneinrichtung. All das hatte den moralischen Schiffbruch überstanden, den die beiden Seemänner nach ihrer unmöglichen Flucht nach vorn, in Richtung Bosporus, erlitten hatten. Sie sprachen nicht gerne über ihre Erlebnisse auf der ›Rose von Alexandria‹, doch an der Wand hing ein Modell des Schiffs. Germán war nicht im Lokal, aber Basora war da, und seine Stimmung spaltete sich in die eines Seemanns an Land und die eines frischgebackenen Wirts. Zunächst kam eine tadellose Vorspeise aus frischer Pasta und Totentrompeten, einer rätselhaften Pilzsorte, die immer mehr in Mode kam, seit sie im *El Racó de Can Fabes* in Sant Celoni auf der Speisekarte stand. Es folgte ein Stockfisch »nach Art der Kathedrale«, der schmeckte wie die Synthese aller katalanischen Stockfischgerichte, wie ein kalligraphischer Entwurf, der alle Stockfischgerichte des Barock verschmelzen läßt. Basora lud ihn zu einem hervorragenden roten Pesquera ein und überraschte ihn, als er bereits beim Kaffee angelangt war, mit einer Flasche Rum aus Nicaragua, an der ein Etikett mit der Aufschrift »Pepe Carvalho« hing.

»Jedesmal, wenn Sie hierherkommen, steht Ihnen diese Flasche zur Verfügung.«

»Ein guter Grund, wiederzukommen.«

Germán begegnete dem seemännischen Wagnis, ein Restaurant zu eröffnen, mit einem abwechslungsreichen Arbeitsleben, indem er zusätzlich Jobs für Seeleute an Land annahm. Im Moment mache er irgendwelchen Mist im Trockendock, erzählte Basora. Was den ehemaligen Offizier der ›Rose von Alexandria‹ selbst betraf, so hatte er sich seinen strengen Sinn für Humor bewahrt, schleppte aber den schweren Anker jedes Seemanns mit sich herum, der an der Sehnsucht nach dem Etmal krankt. Ab und zu schickte er immer noch ein Paket ins Gefängnis nach Segovia, wo Ginés Larios seine Strafe absaß, oder erinnerte dessen Anwalt daran, zum x-ten Mal eine individuelle Begnadigung zu beantragen.

»Schließlich und endlich hat er aus Liebe getötet. Aus Haß zu töten ist viel schlimmer.« Carvalho wollte ihn aufmuntern. Basoras Haar war ergraut, und er war selbst nicht sehr sicher, ob ein Mord aus Liebe besser war als ein Mord aus Haß. Die Liebe ist eine Krankheit, sagte Basora. Wenn ein anderer das gesagt hätte, hätte Carvalho gegrinst, aber Basora war ein wortkarger Mann. Er hatte ihn an jenem Tag kennengelernt, als er miterlebte, wie Ginés von Bord ging, von zwei Polizisten flankiert, nachdem sein Wunsch gescheitert war, jenseits des Bosporus den Ort zu finden, von dem er nicht zurückkehren wollte, den vollkommenen Schlußpunkt für die perfekte Flucht. Germán und Basora waren verblüfft gewesen von diesem Mann, der alles wußte, ohne je auf der ›Rose von Alexandria‹ gefahren zu sein, und der sich damit begnügte, das Verbrechen von Ginés zu erklären, ohne die Polizei davon in Kenntnis zu setzen.

»Ja, so ist das.« Basora seufzte und rezitierte ironisch: »Doch ohne Ende ist die Nacht, wenn sie sich auf die Kranken stützt, und Schiffe gibt es, die gesichtet werden wollen, damit sie ruhig untergehen können.«

Während des ganzen Gesprächs hatte in Carvalhos Kopf als Hintergrund das Traumbild von Claire gestanden: eine verspielte, sinnliche Puppe, im zitternden Raster einer alten Fotografie, die sich veränderte, sie in Großaufnahme, am Ende einer menschenleeren Landschaft. Carvalho hatte sich eine halbe Flasche Rum genehmigt und kühlte sich die Schläfen auf der Toilette, unter alten Stichen mit Schiffen auf See und Schiffen, die untergingen. Als er das Gesicht sah, das ihm der Spiegel zurückgab, machte er sich den eben gehörten Vers von Lorca zu eigen:

»... Schiffe gibt es, die gesichtet werden wollen, damit sie ruhig untergehen können.« Er überließ sich dem doppelten Spiel, sich von den Gefühlen hinreißen zu lassen und diese gleichzeitig zu ironisieren, damit er sich nicht lächerlich fühlte und seine eigene Situation weiterhin beherrschte. Er wünschte den Seeleuten an Land viel Glück in ihrem neuen Metier und versprach, wiederzukommen und seine Flasche zu leeren. Meine Flasche. Er wiederholte es mehrmals, wie ein Betrunkener, und tatsächlich war er auch ein wenig betrunken. Er ging durch die Gäßchen, die ihrer eigenen unnützen Geschichte überlassen waren, zu den modernisierten Stadtgebieten, die als olympisches Schaufenster dienen sollten. Die Kathedrale überwachte, wenn auch aus der Entfernung, die Bauarbeiten an einem unterirdischen Parkhaus, das es gestatten würde, die Anzahl der Japaner zu erhöhen, die sie bis zur Ankunft des Jahres 2000 besuchen würden. Bitte entschuldigen Sie die Unannehmlichkeiten. Wir arbeiten für Sie. *Barcelona, posa't guapa! Barcelona més que mai!* Die ganze Welt schien auf der Durchreise zu sein, die Stadt selbst war auf der Durchreise von einer bekannten Vergangenheit zu einer Zukunft ohne klare Umrisse. Auch Claire war auf der Durchreise, und je länger er durch eine Stadt im Abriß und Wiederaufbau ging, desto mehr fühlte er sich wie ein Jugendlicher in Erwartung des Mädchens, das ihn unglücklich und erwachsen machen würde, jenes Mädchens, das plötzlich verschwindet und das man manchmal dreißig Jahre später zurückerobert, wenn es schon für fast alles zu spät ist. Er hörte sich einen alten Bolero singen, ermutigt vom Schaum des Alkohols, der bis zu seinem Gehirn aufstieg. *Wie schade, daß er's mir nicht gesagt hat! Hätte ich's gewußt, würd ich ihm ganz gehören!* Señor Carvalho, wenn Sie doch nur eine Andeutung gemacht hätten, hätte ich auf meinen einzigartigen Griechen verzichtet und mich Ihnen hingegeben, am Ausgang des Labyrinths, als Preis auf dem Weg der Suche nach der Wahrheit. Wissen Sie, was *aletheia* im Altgriechischen bedeutet? Wenn er in der Lage war, sich diese Frage zu stellen, selbst wenn er sie Claire in den Mund legte, so nur, weil er wußte oder irgendwann einmal gewußt hatte, was *aletheia* im Altgriechischen bedeutete. Am Ende des Labyrinths könnte er zu Claire finden – wenn die Sache mit den Griechen erst einmal geklärt war –, denn andernfalls, da war er sich sicher, würde er Claire in den nächsten dreißig Jahren nicht auf einem Bahnhof wiederbegegnen, und sich in Abschieden irren, sondern auf dem Friedhof. Vielleicht sehe ich sie in dreißig Jahren wieder, wenn sie kommt, um Blumen auf irgendein Grab zu legen, und sie geht an meinem vorbei, und ein Zwicken ihres Gedächtnisses hält sie auf: Carvalho? Pepe Carvalho? Woher kenne ich bloß den Namen? Vielleicht schaffte er es auch, noch dreißig Jahre zu leben, und träfe Claire auf dem Gehsteig; sie, bereits im Herbst ihrer Reife, würde ihm über die Straße helfen, und er würde, weil sie es war, eine Ausnahme machen und sich helfen lassen, statt mit dem Stock nach ihr zu schlagen. Alle Träume, Vorstellungen und Vorhersagen über das Ende dieses seltsamen emotionalen Bilderreigens führten, so oder so, unweigerlich ins Genre der Burleske, aber Carvalho gefiel sich darin, um all die vorausgeahnten Machtlosigkeiten herumzustreichen. Seit vielen Jahren hatte er das nicht mehr erlebt und er fühlte sich eher lächerlich als schuldig; schuldig vielleicht, weil er so ehrlich war, Charo nicht anzurufen, um ihr dann eine geheuchelte Fürsorglichkeit aufzudrängen, die er gar nicht fühlte. Seine Fürsorglichkeit war bereits ganz in Beschlag genommen. Er fühlte sich grausam, auf legitime Weise grausam, wie sich nur ein verliebtes vernünftiges Tier fühlen kann. Je mehr das Gefühl in ihm wuchs, desto weniger lächerlich war es, sich dieses einzugestehen, und er nahm sich anders wahr, fand sich näher bei sich selbst, als ihm die Schaufensterscheiben das Bild eines Mannes zeigten, der im Jahr Zweitausend definitiv schon zu alt sein würde und der nie die geringste Neugier verspürt hatte, um diese Ecke der Zeit zu biegen. Als er noch jung und fern vom Objekt seiner Begierde gewesen war, ging er gewöhnlich die Ramblas hinab in dem Glauben, die Eine erwarte ihn am Hafen. Diese Annahme hatte sich nie bestätigt, aber er war dem Impuls jedesmal getreulich gefolgt, wenn er später im bittersüßen Schwachsinn der Liebe versunken war. Als er sich selbst ertappte, wie er den Spuren des Jünglings, der er einmal gewesen war, die Ramblas hinunter folgte, gelang es ihm, sich zusammenzureißen und seine Schritte zum *Can Boadas* umzulenken, wo er einen ersten Martini zum Herantasten nehmen wollte. Wenn ihm der erste Martini nicht schmeckte, würde er den Cocktail des Tages bestellen. Ein Martini ist wie ein Stück Keramik oder ein von Hand zubereitetes Gericht: Nie erreicht er die Vollkommenheit und läßt dich stets mit der Lust auf den idealen Martini zurück. Der Martini, der ihm gebracht wurde, war gut genug, um einen zweiten zu nehmen, und so gelangte er auch zum dritten. Die Martinis alkoholisierten eher seine Psyche als sein Blut und machten ihn zu einer fast menschenfreundlichen Person, jedenfalls reichte es aus, um mit einem kleinen dicken Typen ein Gespräch zu beginnen, der mit viel Eis im Glas und viel Melancholie in den Augen einen Longdrink schlürfte.

»Anonymer Alkoholiker?«

»Nein, Abgeordneter im Parlament von Katalonien«, antwortete der einsame Trinker.

»Ein Longdrink zwischen zwei Sitzungen?«

»Nein. Ich habe mich verirrt.«

Ein Abgeordneter, der sich auf den Ramblas verirrte und melancholisch über einem Longdrink grübelte, konnte nur ein Sozialist sein.

»Sind Sie Sozialist?«

»Merkt man mir das an?«

»Sie wirken so gemäßigt melancholisch. Ich lade Sie zum nächsten Longdrink ein!«

»Ich muß Kraft schöpfen, um alles in die Luft zu jagen. Der Kapitalismus hat gewonnen, aber er ist morsch. Morgen muß ich einen Gesetzentwurf verteidigen, an den ich nicht glaube.«

»Machen Sie sich das Leben nicht so schwer, Amigo! Verteidigen Sie einfach einen anderen Gesetzentwurf!«

»Die anderen gefallen mir genausowenig.«

»Dann haben Sie's ziemlich schwer.«

»Die Kommunisten sind Verräter. Sie wollen keine Revolution mehr. Alle wollen Sozialisten sein, und uns bleibt nichts anderes übrig, als Liberale zu werden. Die Geschichte wird uns die Absolution erteilen. Ab und zu vergesse ich meinen Namen und irre durch die Stadt. Die Psychiater sagen, ich leide unter Persönlichkeitsspaltung, aber das ist nicht wahr. Ich suche meine wahre Persönlichkeit.«

»Sollte ich sie vor Ihnen finden, bestelle ich sie hierher und sage, Sie würden sie hier erwarten!«

»Nur bis zwei Uhr. Um zwei Uhr macht der Laden hier zu.«

Er bezahlte seine Getränke und die des orientierungslosen Sozialisten und setzte den Weg zu seinem Ziel fort, die Ramblas hinunter, als könne er durch sein frühes Erscheinen das Eintreffen der Franzosen beschleunigen. In der *Casa Leopoldo* angekommen, ließ ihn Germán einen Tisch auswählen, von wo aus er Claires majestätischen Einzug beobachten konnte. Er stillte seinen Durst mit einer Flasche Weißwein, kalt, eiskalt, betonte Carvalho, weil ich einen sehr heißen Kopf habe. Der Wirt kannte seine ebenso außergewöhnlichen wie totalen Exzesse bereits und ließ ihn den Weißwein trinken wie andere Wasser. Als die beiden Franzosen über die Schwelle des inneren Speiseraums traten, segelte Carvalho bereits auf vom besten Wein des Hauses vergoldeten Meeren und musterte von der Kommandobrücke seines trunkenen Schiffes zufrieden die Kostümierung seiner Gäste. Ihre Kleidung entsprach genau der einer französischen Passagierin eines trunkenen Schiffes, ein langes weißes Jackett über einer blaßgrünen Seidenbluse, deren verschnörkelte Volants wie Schaum ihren Hals umschmeichelten. Er trug einen cremefarbenen Anzug, braunes Hemd, Krawatte in einem noch dunkleren Braun und einen fast flachen, weißen, mit Sorgfalt zerknitterten Hut – eine unfertige Gesamterscheinung, die mit seinen unfertigen Gesichtszügen und Gesten harmonierte. Der lustlose Prinz ließ nach dem Motto *laissez faire, laissez passer* die konzertierte gastronomische Initiative von Carvalho und dem Besitzer über sich ergehen, und nur seine Augen verrieten eine gewisse Fähigkeit zur Überraschung angesichts des pantagruelischen Aufmarsches von Platten mit Kaisergranat an Knoblauch, mikroskopisch kleinen Sepien und Oktopussen, Glasaalen mit Entenschinken und Kiwischeiben, halbierten Langusten und Riesengarnelen und einem riesigen Steinbutt, gegart auf der Grillplatte und im Backofen. Wenn sich seine Bewunderung auf Blicke beschränkte, so war die der Frau eine offen geäußerte, und als sie, nachdem alle Fische des Mittelmeeres ausgerottet waren, den Zeitpunkt für gekommen hielt, das Steuerruder des Gaumens herumzureißen, holte sie aus ihrer Tasche eine Flasche Vega Sicilia und stellte sie auf den Tisch.

»Eine kleine Hommage an meine Großmutter.«

»Ich bezweifle, daß Señor Carvalho nach so viel Fisch und Weißwein einen Rotwein genehmigen wird.«

»Den Vega Sicilia genehmige ich sogar zur Fischsuppe. Das ist kein Wein. Es ist ein gut gelungenes, wenngleich künstliches Zeichen der Identität. Zur Zeit Ihrer Großmutter gab es diesen Wein noch nicht.«

»Für mich schmeckt er nach Valladolid, nach den Feldern Kastiliens.«

»Das ist etwas anderes.«

Carvalho hatte sie den ganzen Tag über so ausgiebig verkostet, ohne sie zu sehen, daß er versuchte, sie während des Abendessens so wenig wie möglich anzuschauen, aber bei jedem Essen kommt unweigerlich die Zeit für das Gespräch und den Blick oder für den Streit. Ein gemeinsames Essen darf nie in gleichgültigem Schweigen enden, es sei denn, einer der beiden Tischgenossen wäre tot. Carvalho gab eine Kurzfassung seiner Recherchen, welcher der Franzose mit seiner erwarteten Lustlosigkeit und sie mit eher fasziniertem als schmachtendem Ausdruck lauschte. Vielleicht gefiel es ihr besser, den Griechen zu suchen, als ihn zu finden. »Vielleicht«, gab Carvalho zu bedenken, »wird der Besuch im Atelier der Dotras nur ein touristischer Ausflug, aber jeder Tourist ist ja daran interessiert, die Mauern der Hotel-Stadt einmal zu überwinden.«

»Nicht immer«, warf Lebrun ein, plötzlich interessiert. »Niemals suchst du die Städte aus; es sind immer die Städte, die dich aussuchen. Ich habe die Hotels dieser Welt bereist, und nur selten habe ich mich von einer Stadt so berufen gefühlt, daß ich die Hotelmauern hinter mir gelassen hätte. Aber vielleicht ist ja Barcelona diese Mühe wert.«

Er führte sie in die Eingeweide des Barrio Chino, in die glimmende Asche der billigen Prostitution, die der AIDS-Terror in die sozialen Randgebiete getrieben hatte, dann wieder zu den unvermeidlichen Ramblas und ihrer Mündung in den Hafen, dort zuerst der Anblick und danach die Begehung der Moll de la Fusta. Neoklassizistische Gebäude im Dienst der militärischen Macht, das eine oder andere neugotische Einsprengsel, Geschäfte für Maritimes, eine neoromantische Plaza und das Schaufenster der Postmodernismen, das die Neugestaltung der Promenade prägte und seine Krönung in der gigantischen Garnele des Designers Mariscal fand. An einem Punkt genau zwischen dem Pomp des Postgebäudes und der Kolumbussäule vergaß sich Lebrun und rief aus: »Que bel pasticcio!«

Hinter sich die Schiffe, das stilliegende Meer, die ausgedienten, im Abriß begriffenen Lagerhallen und die eisernen Nerven von Türmen vergangener Tüchtigkeit, gingen sie über die Promenade und die Plaza de Medinaceli und suchten das Gäßchen mit Dotras' Atelier. Weit offen standen alle Türen, und der Vollmond hing über den elenden Dächern. Die Frau berührte alles mit den Spitzen ihrer Augen aus Stein und den Kuppen ihrer seidenen Finger, während sie ein leichtes Lächeln aufrechterhielt. Kaum hatten sie das Atelier betreten, begriffen sie, daß das Bild ohne sie nicht vollständig gewesen war. Alle waren sie gekleidet wie eingeborene Bohémiens und genossen erfreut den optischen Kontrast dieser eben an Land gegangenen Passagiere eines Kreuzfahrtschiffes, das sicherlich nur wenige Stunden Aufenthalt hatte. Carvalho zählte in ihren Einschätzungen nicht. Sie nahmen ihn als den einheimischen Führer eines beliebigen Reiseunternehmens wahr und widmeten sich ganz der Aufgabe, die Luxusdame und den flüchtigen Gentleman auseinanderzunehmen.

»Das macht zweitausend Pesetas pro Person.«

Dies gab Señora Dotras bekannt, und Carvalho hatte den Eindruck, ihre großen Hängebrüste hätten sich in den

Klingelbeutel einer Zwölfuhrmesse in der Kathedrale verwandelt.

»Wofür?«

»An keinem anderen Ort der Stadt bekommen Sie das zu sehen, was Sie hier sehen werden.«

Der Franzose bezahlte, und Carvalho übergab die Flasche Knockando dem Maler, der sich für den Abend wie ein indianischer Konzertmusiker gekleidet hatte, der ausschließlich indianische Instrumente spielt. Es gab jede Menge junge Leute, die sich in Grüppchen oder Knäueln leise unterhielten oder zu fünft in sich selbst versunken schwiegen, die dramatischste Form in sich selbst versunkenen Schweigens.

»Wir haben hier das Ambiente der späten sechziger und frühen siebziger Jahre bewahrt. Als noch alles möglich war«, teilte ihm Dotras mit und versuchte, den musikalischen Hintergrund zu übertönen, den, während sie beieinander standen, nacheinander die Bee Gees, Beatles, Pink Floyd und *Hair* ausfüllten. Dabei wurden sie umgeben von riesigen Bildern von Dotras und Protestplakaten, die nahezu zwanzig Jahre alt waren: Frauen, die in Urinale für Männer pißten, und Steckbriefe von Richard Nixon. Selbst die Jüngsten schienen geradewegs aus einer trüben Orgie der siebziger Jahre zu kommen, und Dotras bestätigte ihnen, daß es sich genau darum handelte.

»Solche Inseln gibt es in unserer Stadt keine mehr. Jede Generation hat ihr Recht auf Nostalgie, und die unsere ...« – er schloß Carvalho in den Plural mit ein – »ist die letzte, die den Kult der Nostalgie noch pflegen wird. Die Nostalgie ist eine Frage der Entscheidung.«

»Dieser Mann ist ein Pionier! Er hat ein lebendiges Verhaltensmuseum geschaffen!« Es war das erste Mal, daß der Franzose Begeisterungsfähigkeit zeigte.

Man bot ihnen Reissalat und Curryhuhn an, ein Gericht, das, wie man ihnen erklärte, in der Epoche, die hier zum Kultobjekt aufgestiegen war, bei keinem größeren Abendessen fortschrittlicher Kreise fehlen durfte, und man stellte ihnen eine nordamerikanische Stipendiatin vor, die für die Universität von North Carolina eine Studie über *Sitten und Gebräuche im Transfranquismus* durchführte. Die Enkel von Dotras übermalten Bilder des Großvaters mit Graffitispray, und die fünf Söhne der Walküre, aus denen die Gruppe ›Los Musclaires‹ bestand, stimmten die Instrumente, um ihr Konzert zu beginnen, eine Hommage an die Rockfestivals von Canet de Mar, dem spanischen, oder besser gesagt, katalanischen Woodstock, wie Dotras der Nordamerikanerin, die das alles in ein Heft schrieb, und Monsieur Lebrun erläuterte, der es sich im Geist notierte. Carvalho wollte sich verhalten wie immer, wenn ihm eine Umgebung bis zum Überdruß gleichgültig war: seine äußere Hülle stehen lassen und sich im Kopf an einen anderen Ort versetzen, aber als er für seinen Kopf gerade eine Falte im Raum aussuchte, trafen seine Augen auf ein Mädchen, das er unter günstigeren Umständen kennengelernt hatte. Es war Beba, die Tochter von Brando und der Gymnastiklehrerin, die, halb auf einer Matratze liegend, mit einem alten Mann plauderte, allerdings nicht mit demjenigen, dem sie an jenem Morgen, als Carvalho sie kennenlernte, Erleichterung verschafft hatte. Vielleicht war er auch gar nicht so alt, sondern ein Altersgenosse von Carvalho.

»Wer ist die da?« fragte er Dotras. Verärgert, bei seinem Dienst für die Datenbank der Universität von North Carolina gestört zu werden, streifte der Maler Beba und ihren Gesprächspartner kaum mit seinem Blick.

»Ich kenne sie nicht. Hat sie bezahlt, Mamá?«

Seine Frau nickte, nachdem sie das Mädchen auf einer mentalen Waage, die nur sie selbst sah, gewogen hatte.

»Und der Typ, der mit ihr zusammen ist?«

»Auch«, beharrte Señora Dotras stur. Der Maler wandte seine Aufmerksamkeit wieder der nordamerikanischen Sozialwissenschaftlerin zu, und Carvalho hakte nicht nach, beruhigte aber sein schlechtes Gewissen, indem er zu seiner Erholung Beba studierte, die einen Monolog hielt, während der Mann ihr müde, verwirrt oder bekifft zuhörte. Beba sprach mit sanfter Miene, als sei sie die Lehrerin oder die Mutter des lauschenden Mannes.

»Kennen Sie dieses Mädchen?« Claire hatte seinen Arm genommen, während sie Beba aus der Entfernung musterte. »Sie ist sehr hübsch. Kennen Sie sie?«

»Nein. Oder wahrscheinlich doch, aber heute bin ich nicht an der Reihe.«

»Sie sieht aus wie ein Engel. Und so jung. Ihr Aussehen rührt mich. Finden Sie nicht auch, daß sie wie ein Engel aussieht?«

»Vermutlich ja. Es gibt so viele Arten von Engeln.«

Claire versank in stummes Nachdenken über Engel, und für Carvalho fiel davon nur ein Lächeln ab, das wie rosafarbene Gaze die Gedanken verschleierte, die sie vor ihm verbarg.

»Und mein Grieche?« fragte sie plötzlich, als finde sie den Orientierungssinn wieder. Carvalho vermittelte sie an Señora Dotras, die auf einen jungen Mann mit großen Augen und blauer Tunika wies. Claire musterte ihn mit zunächst abschätzendem, dann abschätzigem Blick.

»Das ist nicht mein Grieche.«

»Ein Grieche zieht den nächsten nach sich.«

Carvalho und Claire setzten sich auf Polster in der Nähe des jungen Mannes mit der Tunika, während Lebrun von Gruppe zu Gruppe schlenderte und zuhörte und beobachtete, mit der Präzision eines UN-Sonderbeauftragten kurz vor oder nach einem heiklen Referendum.

»Alexopoulos ist der vielversprechendste junge griechische Maler, den ich kenne«, verkündete Dotras, bevor er sie mit ihm bekannt machte.

»Er hat uns noch nicht gesagt, wie viele junge griechische Maler er kennt!«

Claire lachte, und Carvalho fühlte sich sehr belohnt. Kaum hatten sie sich auf den Polstern niedergelassen, wollte Carvalho zum Thema kommen, als er die Hand der Frau auf seinem Arm spürte, und mit einem Blick zu ihr stellte er fest, daß sie ihn bat, ihr die Initiative zu überlassen. Sie entzog ihm ihre eigenen Augen, um sie dem Griechen zu schenken, der sie aus vorsichtiger Distanz betrachtete, wohl wissend, daß sie ihn um etwas bitten wollten. Sie setzte mit leiser Stimme zu einer langen Erklärung an, die Carvalho nicht hören konnte, und nach und nach schwand der Widerstand des Mannes, bis er sich auf einen Ellbogen stützte und sein Gesicht dem von Claire näherte, um die Reichweite ihres unhörbaren Gesprächs noch weiter zu beschränken. Claire löste sich unvermittelt von dem jungen Mann, hockte sich, nach vorn gebeugt, auf die Fersen, während eine Locke weichen Haares ihre Wange liebkoste und ihr Kopf gelähmt wurde von einem Denkprozeß, der, wie Carvalho ahnte, nicht mitteilbar war. Sie wandte ihr Gesicht wieder Carvalho zu, und ihm war, als sei der Vollmond von draußen ins Atelier gekommen und versuche nun, ihn zu hypnotisieren.

»Ich habe mich nicht getäuscht. Alekos ist in Barcelona.«

»Wo?«

»Er geht nur nachts aus dem Haus.«

»Warum?«

Entweder waren es zwei Tränen, oder die innere Bewegung verlieh ihren Augen noch mehr Glanz.

»Er wohnt in einer Gegend, die Pueblo Nuevo heißt, und um Mitternacht geht er zu einem billigen Eßlokal, an einer Plaza, den Namen weiß er nicht. Am Ende der Rambla von Pueblo Nuevo. Er lebt dort in einer der leerstehenden Fabrikhallen. Kennen Sie die Gegend?«

»Ja. Sie nennt sich zwar Pueblo Nuevo, Neustadt, aber es gibt dort nur noch wenig, was neu ist. Ein um die Jahrhundertwende gebautes Arbeiter- und Industrieviertel, das schnell gealtert ist, wie alles Arme. Es liegt auf der Rückseite des künftigen Olympischen Dorfes und ist voll von leerstehenden Fabriken und Lagerhallen.«

»Womit beginnen wir?«

»Jetzt gleich?«

»Ja, jetzt gleich. Morgen könnte es zu spät sein.«

Einem anderen Klienten hätte Carvalho nicht zugestanden, das Tempo vorzugeben, aber diese Frau war keine normale Klientin, und außerdem duftete sie aus der Nähe nach einem anbrechenden Tag auf dem Lande nach einer Nacht sanften Regens.

»Womit sollen wir beginnen, jetzt gleich?«

»Lassen Sie uns zu diesem Eßlokal gehen! Er sagt, daß es ein Platz mit riesigen Bäumen ist und daß man nur kalte Sachen bekommt, Käse, Pâté, Wurst. Im Sommer sitzt man draußen, aber jetzt nicht mehr. Vielleicht kann uns dort jemand weiterhelfen.«

Als Carvalho seine übereinandergeschlagenen Beine ausstreckte, stellte er fest, daß sie gelähmt waren. Er spürte in seinen Beinen das Kribbeln unzähliger Mücken, die nach seinem Blut lechzten. Er haßte es, auf Polstern und niedrigen Stühlen zu sitzen, er haßte die Dotras und ihre nostalgische Komödie, und er begann, auch die ›Musclaires‹ zu hassen, die jetzt *No serem moguts* sangen, *We shall not be moved* auf katalanisch – zu Ehren des Geistes von Joan Baez und Bob Dylan und ihrer Mutter, die sie am gleichen Tag geboren habe, an dem die berühmten Prozesse von Burgos gegen Militante der ETA stattgefunden hatten. Die Ex-Gebärende servierte Orangensaft mit Wodka und buchstabierte den Namen dieses Cocktails, der vor zwanzig Jahren in Mode gewesen war: Screwdriver. Die Nordamerikanerin notierte ihn mit einer Gutgläubigkeit, wie sie nur noch reuige Imperialisten zeigen. Beba und ihr Alter waren verschwunden.

»Sie gehen schon? Wie hat Ihnen meine Idee gefallen?«

»Sie müssen etwas Neues auf die Bühne bringen, Dotras. Die ganze Geschichte mit Mai '68 und Nach-Mai geht einem allmählich auf den Keks.«

»Wir haben auch schon darüber gesprochen, aber wodurch sollen wir es ersetzen? Das ist das Problem. Den ganzen Sommer haben wir überlegt, was wir Neues auf die Bühne bringen könnten, meine Frau und ich nennen das so, aber was kam denn nach Mai, Nach-Mai und all dem anderen? Die Angst. Angst vor der Krise, Angst vor der Armut, Angst, die Wahrheit nicht zu kennen. Davor, daß es gar keine Wahrheit gibt. Vor dem Altwerden ... Aber das alles ist noch nicht vorbei, es ist Gegenwart. Haben Sie an die Möglichkeit gedacht, daß die Vergangenheit aufgehört hat zu existieren? Daß es von jetzt an nur noch die Gegenwart gibt? Haben Sie überlegt, wie die Welt nach dem Fall der Berliner Mauer dasteht?«

»Ich denke an nichts anderes, aber nicht um diese späte Zeit.«

»Haben sich Ihre französischen Freunde gut amüsiert?«

Lebrun schaute Dotras an, als sei er sein Assistent, und während sein leichtes Lächeln einen ebenso förmlichen wie bedeutungslosen Abschied anzukündigen schien, zog er eine Karte aus der oberen Jackentasche und gab sie ihm.

»Sie halten eine geniale Idee in Händen, und wenn Sie das eines Tages in großem Stil aufziehen wollen, melden Sie sich bei mir! Das Psychodrama der Generationen, live, interaktiv ...«

Dotras hatte seine Zweifel an Lebruns Aufrichtigkeit, behielt aber die Karte und brachte sie alle zur Tür.

»Haben Sie Ihren Griechen gefunden?«

Claire nickte und folgte Lebrun. Carvalho ging etwas langsamer, bis er mit Dotras allein war.

»Wer ist dieser Grieche, den Sie uns vorgestellt haben? Ist er vertrauenswürdig?«

»Wie jeder andere, der heute abend hier ist. Ja und nein.«

»Wohin gehen wir?« fragte Lebrun, als sie die Plaza Medinaceli wieder erreicht hatten.

»Nach Ikaria!«

»Endlich!«

»Ich sage das nicht im Scherz. Ein Stadtteil von Barcelona, der im Begriff steht, unter der olympischen Spitzhacke zu verschwinden, wurde zu Ehren von Ikaria erbaut. Es war ein Arbeiter- und Industrieviertel, versteht sich, und die katalanischen Arbeiter des neunzehnten Jahrhunderts träumten auch davon, eines Tages Ikaria zu erreichen. Das neue Olympische Dorf soll sogar Nueva Ikaria heißen.«

»Olympia auf Ikaria. Ein Schlüsselwort jagt das nächste, ein Mythos jagt den nächsten.«

»Die Gegend von Pueblo Nuevo – katalanisch Poble Nou – wurde auch das ›katalanische Manchester‹ genannt. Die katalanischen Industriellen des neunzehnten Jahrhunderts vergötterten das englische Vorbild. Ich liebe die zeitgenössischen Ruinen, Monsieur Lebrun, und in letzter Zeit durchstreife ich oft die Stadtteile, die von der Moderne bedroht sind. In der Altstadt, im Barrio Viejo, ganz in der Nähe von hier, wird eine breite Straße angelegt, die den ganzen Gestank der verfaulten Stadt ableiten soll, ich weiß nicht, wohin, aber sie soll ihn ableiten. Und vom katalanischen Manchester, von Ikaria, wird kaum etwas übrigbleiben. Seltsam, nicht wahr, daß die Bosse von Manchester träumten und die Arbeiter von Ikaria? Wovon träumen die beiden denn heute?«

»Wahrscheinlich von gar nichts.«

Claire ging ihnen voraus, mit über der Brust gekreuzten Armen, als habe sie ein geheimnisvolles Abendmahl empfangen und sei nun selbst ganz zum heiligen Gefäß geworden. Vor dem Gebäude des *Gobierno Militar* nahmen sie ein Taxi, und Carvalho machte eine ungefähre Richtungsangabe. Zu einer Plaza mit großen Bäumen, am Ende der Rambla von Pueblo Nuevo. Der Taxifahrer musterte sie kritisch. Sie sahen nicht aus wie nächtliche Angreifer, und es gibt ja Leute, die niemals wissen, wohin sie wollen. Im Taxi entstand eine totale Stille, die Carvalho mit derselben Hand überspielte, die sein Gesicht bedeckte, und Lebrun mit einem vielleicht ironischen Grinsen; nur Claire hatte ihren Blick auf etwas Entfernteres gerichtet, als beginne sich vor ihren Augen die kommende Geschichte abzuzeichnen, eine geheime Geschichte, die sie bereits kannte.

»Wohin fahren wir?« fragte Lebrun schließlich.

»Zu einem Speiselokal, wo es Pâté und Käse gibt.«

»Noch mehr Essen?«

»Alekos ist vielleicht dort.«

Lebrun gab sich mit der Antwort zufrieden und lehnte sich im Sitz zurück. Seine Augen hatten sich zu zwei schmalen Schlitzen verengt, die die Landschaft des nächtlichen Barcelona zu erkennen suchten, das pflanzliche Dunkel des Ciudadela-Parks, den Pomp des Justizpalastes. Als sie am Triumphbogen vorbeifuhren, entfuhr ihm ein gedämpftes Lachen.

»Auch ihr?«

»Ein maßstabsgerecht verkleinerter Arc de Triomphe, für kleinere Triumphe. In den letzten dreihundert Jahren waren fast alle spanischen Triumphe Siege über uns selbst.«

Doch unversehens, und obwohl es Nacht war, wurde der Blick von der Zweideutigkeit einer städtischen Landschaft attackiert, von der man nicht zu sagen wußte, wo die Abrißarbeiten aufhörten und die Bauarbeiten begannen. Kräne, aufgewühlte Erde, Bulldozer, planierter Baugrund mit Spuren zertrümmerter Fundamente, angedeutete, gerade geborene Häuserblocks, die wie Blumenzwiebeln kaum aus der toten Erdschicht herauslugten, eine große Fläche von Andeutungen dessen, was in einem oder anderthalb Jahren das Olympische Dorf werden sollte – zwischen einem Meer, das in seiner häßlichen Nacktheit eines stadtnahen Meeres überrascht worden war, als die Häuser fielen, die ihm als Lendenschurz gedient hatten, und der eingeschüchterten letzten Bastion von Pueblo Nuevo, dieser Stadt, die einmal neu gewesen war, als die Bourgeoisie Barcelonas ihre Fabriken am Meer baute und die Arbeitskräfte in der Nähe haben wollte, obwohl sie damit riskierte, daß die nachbarschaftliche Beziehung sie zum Langen Marsch anstacheln würde, von Pueblo Nuevo aus nach Ikaria, und ganz Barcelona würde Ikaria, die ganze Welt würde Ikaria.

Lebrun wollte aussteigen, um die Bauarbeiten aus der Nähe zu betrachten, die trotz der Nacht fortgesetzt wurden, mit Scheinwerfern wie nach einem Bombenangriff; ob es nun Dresden war oder Brasília, was sich ihren Augen darbot, es war eine Landschaft aus Ruinen oder Fundamenten, aufgereiht zwischen nicht fertiggestellten Straßen, die sich noch mit nichts und niemandem verbanden.

»Stellen Sie sich vor, das alles würde jetzt zum Stillstand kommen. Welche Schönheit, ein unvollendetes Olympisches Dorf!«

Einige Schilder verkündeten, daß hier die Nueva Icaria GmbH baute, und Lebrun lachte auf.

»Hätten Sie sich träumen lassen, daß die Phalansterien eines Tages von GmbHs erbaut werden würden? Andererseits ist es wohl die einzige Möglichkeit, Phalansterien zu bauen. Ikaria, erbaut von GmbHs, mit Sondermitteln der EG, vielleicht sogar des Internationalen Währungsfonds. Warum sollte man jetzt, nach dem Untergang des Kommunismus, seinen Traum nicht als Material für ein Disneyland der neuen Bourgeoisie verwenden? Was würden Sie, Carvalho, zu einem neuen Disneyland sagen, das die perfekte kommunistische Stadt wäre, ohne die Fehlschläge der realen kommunistischen Stadt, die vor kurzem untergegangen ist?«

Carvalho erinnerte sich an Gesichter von realen Kommunisten und hätte Lebrun am liebsten in die Eier getreten. Aber sie saßen bereits wieder im Taxi, im Labyrinth des schon alten Pueblo Nuevo. Plötzlich wurde die Gegend proletarisch, und Lebrun interessierte sich für die Kulisse. Pueblo Nuevo bot sich dar als Collage eines Fischer-, Arbeiter-, Industrie- und Lagerhallendorfes.

»Was wurde hier produziert?«

»Ich glaube, alles mögliche. Stoffe, Ölpressen, Antimon, Wein, Schweinedärme, um Würste herzustellen ...«

»Schweinedärme, um Würste herzustellen ...«, deklamierte Lebrun, als sei es ein Vers. Der Taxifahrer wollte genauer wissen, welchen Typ Plaza sie suchten, und als ihm Claire von dem Speiselokal und seinen flüchtigen Mahlzeiten erzählte, tat er wenigstens so, als wisse er, wohin sie fuhren. Eine abgeschiedene Plaza, fast ganz von Ombú-Bäumen besetzt, die der Herbst gelichtet hatte, alte Lagerhallen toter Industrien und Geschäfte, an der Ecke die Bar, die nach Camembert und *pan con tomate* roch, *Restaurant Els Pescadors*. Als Claire, noch immer in der Initiative, die Tür des Lokals aufstoßen wollte, hielt Lebrun sie mit einem Arm zurück.

»Meine Liebe, ich möchte, daß du mir sagst, was uns hier erwartet. Es scheint mir ein Gebot der Höflichkeit, nachdem ich dich in diese Stadt gebracht habe.«

»Hatte nur ich allein Interesse daran, Alekos zu finden?«

Lebrun hielt ihrem Blick stand und fand sein Lächeln wieder. Er ließ sie vorausgehen. Nachdem sie die besetzten Tische gemustert und nicht entdeckt hatten, was sie suchten, entschieden sie sich für einen der alten Marmortische mit verschnörkeltem gußeisernen Unterbau und schwiegen verwirrt, als sie gefragt wurden, was sie essen wollten.

»Bringen Sie eiskalten *cava* und Schinken, ganz dünn geschnitten!« sagte Carvalho, und Lebrun schien endgültig jedes Interesse an den Ereignissen verloren zu haben. Als der Kellner brachte, was sie bestellt hatten, überging Carvalho Claires erstes Stammeln und ergriff die Initiative, indem er sagte:

»Wir suchen einen Maler, einen Griechen.«

Claire zeigte das Foto, das sie aus ihrer Handtasche geholt hatte.

»Hier kommen viele Leute vorbei.«

»Lauter Griechen?«

»Wir fragen nicht nach der Nationalität.«

Der Kellner suchte Rückendeckung bei höheren Instanzen, und der ganz offensichtliche Besitzer des Lokals – wahrscheinlich ein früherer Linksintellektueller, der eines Tages auf Dotras' Bühne stehen würde – taxierte sie aus der Entfernung. Er ging hinter die Theke und schien sich um die Zubereitung einer Bestellung zu kümmern, doch sein Kopf bearbeitete die Anfrage. Carvalho überraschte ihn, wie er den Blick mehrfach in eine Ecke lenkte, wo eine Gruppe plaudernder Mädchen und schweigsamer

Männer aß, die geradewegs einer Modenschau für arabische Scheichs entsprungen zu sein schienen. Die Mädchen waren wie Huris gekleidet, in Himmelblau und Korinthisch Blau, die Männer trugen Smokings aus der Werbung für Männerparfüms. Schließlich verließ der Wirt seine Verschanzung und ging zu dem Tisch in der Ecke. Er beugte sich zu der Gruppe und flüsterte etwas in ein Ohr, das eine der jungen Frauen aus den Tiefen ihrer krausen Locken befreien mußte. Alle Köpfe an dem Tisch drehten sich zu dem Trio aus Carvalho, Lebrun und Claire um. Der Franzose tat, als bemerke er die Blicke nicht, obwohl er sie bemerkte, Claire setzte eine Miene heiterer Erwartung auf, und Carvalho gab lediglich mit den Augen zu erkennen, daß er sich beobachtet fühlte. Das Mädchen mit dem verborgenen Ohr versteckte dieses wieder in den Tiefen seiner Lockenmähne und erhob sich, um an Carvalhos Tisch zu kommen. Aber sie kam mit freigelegtem Ohr. Sie war sehr schlank und hatte eines jener sanften Skelette, die die schönsten Models auszeichnen.

»Ich hörte, Sie suchen Alekos.«

»Madame Farandouris sucht ihren Ehemann«, sagte Carvalho, ohne den drohenden Protest zu beachten, den Claire mit einer Geste andeutete. Etwas wie Komplizenschaft und Mitleid prägte das bereitwillige Lächeln des Models.

»In letzter Zeit kommt er seltener hierher, und ich weiß nicht genau, in welcher der verlassenen Lagerhallen er haust. Ich weiß nur, daß er sie ›Skala‹ nennt und ein Schild mit diesem Namen an die Tür gehängt hat. Wir kennen ihn von hier, und manchmal hatten wir denselben Weg, weil wir für einen Modefotografen arbeiten, der sein Atelier in einer alten Bademantel-Fabrik hat. Aber er geht dann immer noch weiter und hat uns nie dahin mitgenommen, wo er wohnt. Nach dem Essen müssen wir ins Atelier zurück. Sie können mitkommen, und wir zeigen Ihnen wenigstens den Weg, so weit wir können.«

Claire dankte ihr mit dem schönsten Lächeln, das Carvalho an ihr gesehen hatte, seit sie sich kennengelernt hatten, und als das Model zum Tisch zurückkehrte, standen Tränen in ihren Augen, während die Lippen flüsterten: »Skala.«

»Skala. Das ist Alekos, ganz sicher.«

»Was bedeutet das, Skala?«

»Das ist der kleine Hafen der Insel Patmos, der Heimat von Alekos. Wir waren vor drei Sommern dort und fuhren im Fischerboot um die Insel: Grikou, Diakofti, Hora, die Grotte, wo nach der Legende der Heilige Johannes die Offenbarung niederschrieb.«

Lebrun streifte seine vorgetäuschte Gleichgültigkeit oder Schläfrigkeit ab, um zu zitieren: »Und er brachte mich im Geist in die Wüste. Und ich sah ein Weib sitzen auf einem scharlachfarbenen Tier, das war voll Namen der Lästerung und hatte sieben Häupter und zehn Hörner. Und das Weib war bekleidet mit Purpur und Scharlach und übergoldet mit Gold und edlen Steinen und Perlen und hatte einen goldenen Becher in der Hand, voll Greuel und Unflat ihrer Hurerei.«

Und angesichts der Verblüffung Claires verkündete er: »Offenbarung siebzehn, Vers drei.«

»Seltsam, Patmos ist nicht weit von Ikaria.«

»Sie waren auch auf Patmos, Monsieur Lebrun?«

»Ich war mit Alekos dort, im Sommer siebenundachtzig.«

Herausforderung lag in den Blicken, mit denen sich Claire und Lebrun maßen.

»Alekos ist dein Problem.«

»Deins, nicht wahr?«

Lebrun unterbrach seinen Streit mit Claire, um sein Gespräch mit Carvalho fortzusetzen. »Es genügt, die Insel zu sehen, in ihrer Trockenheit zu vertrocknen und sich in einen ihrer ausgedörrten Einwohner zu verwandeln, um zu verstehen, warum der Heilige Johannes ausgerechnet dort seine Apokalypse schrieb. Durrell hat gesagt, die Apokalypse des Johannes sei ein Gedicht, das von Dylan Thomas stammen könnte. Kennen Sie das Werk von Dylan Thomas?«

»Vergessen Sie nicht, daß ich nicht lese. Ich verbrenne Bücher nur.«

»Die Zahl Sieben ist eine kabbalistische Zahl und in den Ortsnamen und der Landschaft von Patmos ebenso gegenwärtig wie in der Dichtung des Heiligen Johannes: sieben Berge, sieben Leuchter, sieben Sterne. In der Höhle, wo der Heilige gewohnt haben soll, gibt es eine Felsspalte, die anscheinend von der Stimme Gottes geöffnet wurde, als Gott herabstieg, um in den Körper des Heiligen zu fahren und von ihm Besitz zu ergreifen, poetisch gesprochen, für die Poesie. Die Stimme Gottes muß schrecklich sein. Ich habe die Höhle während eines Gewitters besucht und hatte Angst. Draußen heulte der Wind, und drinnen hörte man das Getöse des Berges, als rebelliere der Berg gegen Gottes Donnerkeil ... Aber es ist das Tosen des Wassers – auf einer so trockenen Insel ist der Berg der Apokalypse voller geheimer Quellen. Der Mönch, der mich begleitete, war so verängstigt, daß er sich jedesmal bekreuzigte, wenn der Wind heulte, und er steckte mich mit seiner Angst an.«

»Und Alekos?«

»Seiner Meinung nach war alles, was mit dem Evangelium und der Apokalypse zusammenhängt, ein finsteres Machwerk der Juden und jüdischer Frühkapitalisten. Er war frei von dem jüdisch-christlichen Schuldkomplex, der mir die Luft zum Atmen nimmt. Er war ein Mensch der Erde und der Steine, und im Innern dieser Höhle fühlte er sich wie ein Stück Erde unter vielen.«

Claire lauschte ihm mit einer Bewunderung, von der Carvalho nicht zu sagen wußte, ob sie Lebrun oder dem Mann ihres Lebens galt.

»Ich wurde heiterer, als wir die Höhle verließen und zum Hafen zurückkehrten. In dieser Nacht veranstaltete Alekos ein tellurisches Besäufnis. Er war wie ein betrunkener Riese. Oder eher ein betrunkener Berg. Wir saßen in einer Taverne, in der alle Fensterscheiben fehlten, und der Himmel war erfüllt von schneeweißen Blitzen, nie zuvor hatte ich so weiße Blitze gesehen, sie sahen aus wie Lichtstrahlen bei Bombenangriffen, oder wie man sich Lichtstrahlen bei Bombenangriffen vorstellt, oder wie man sie in Schwarzweißfilmen gesehen hat. Ich hatte Angst, dabei ist der Hafen Skala vor allen Stürmen geschützt, ein häufig angesteuerter Schlupfwinkel der alten Seefahrer und Piraten. Alles umsonst. Alles für eine vermutliche Fälschung. Es ist nicht bewiesen, daß der Heilige Johannes die Apokalypse dort geschrieben hat. Vielleicht stammt sie nicht einmal von ihm selbst. Warum nicht ein für allemal annehmen, es sei ein Gedicht von Thomas?«

»Ich habe überhaupt nichts dagegen. Wozu sind Sie ausgerechnet mit Alekos nach Patmos gefahren?«

»Tourismus, tiefgehender Tourismus.«

Er brach in maßloses, übertriebenes Gelächter aus. Als er sich beruhigt hatte, fuhr er fort: »Ich habe Claires Schwiegereltern kennengelernt. Einwandfreie Menschen. Anthropologisch gesehen einwandfrei. Wie aus einer Illustration von Gustave Doré oder einem Gemälde von Delacroix zum Thema der Griechen. Sie waren frei von der melancholischen Verrücktheit des Sohnes und typische Eltern aus dem einfachen Volk, von der Sorte, die dir zwanzig Francs zusteckt, wenn du auf Reisen gehst, ob du willst oder nicht, oder dir ein schönes Stück Roquefort in den Koffer packt, damit du im Ausland nicht an Hunger oder der Ruhr stirbst. Bewundernswert konventionell.«

Am Tisch der Models gab es Vorbereitungen zum Aufbruch, was Claire in Anspannung versetzte, und Carvalho mußte auf die Frage verzichten, die ihn bei den letzten Worten von Lebrun überfallen hatte: Woher sollte jemand wie Lebrun so viel Kenntnis von Eltern aus dem einfachen Volk besitzen? Entweder hatte er sein prinzenhaftes Verhalten in Büchern gelernt, oder das Porträt dieser Eltern im Stil des Costumbrismo stammte aus Büchern. Das schöne Skelett der Frau im Kostüm einer korinthischen Huri versetzte die Luft ihrer Umgebung in sanfte Schwingungen und lud sie ein, dem Maskenzug zu folgen. Sie sprachen und lachten wie nackte Jugendliche, waren aber gekleidet wie die Darsteller eines Parfüm-Werbespots. Die Huris gingen voran, dicht gefolgt von den jungen Männern, die unter den Sternbildern Ikarias lachten und posierten, danach kam Claire, die ihnen wie unter Zwang folgte, hinter ihr Carvalho, der wiederum ihr wie unter Zwang folgte, und den Schluß des Zuges bildete der lustlose Prinz und Kenner volkstümlicher Eltern und der Apokalypse. Sie durchschritten eine imaginäre Schlucht: zur Linken die Kulisse alter Mietshäuser, wo alles tot war oder schlief, zur Rechten halbverlassene Gebäude, nicht einzuordnende Lagerhallen oder Wohngebäude im Mondlicht, all dies wie eine Art Hindernis, um den Blick auf die olympischen Bauarbeiten und das faulige Meer zu verwehren, das in dieser Gegend den größten Teil der Abwässer der Stadt aufnahm, gefiltert von der unzulänglichen Barmherzigkeit der Kläranlagen. Sie gingen auf das Bühnenbild der ausgedienten Industrieanlagen zu, ein Tableau von Formen,

die in der nächtlichen Dunkelheit ein Eigenleben entwik-
kelten: dreieckige Hallen, die wie siamesische Schwestern
zusammengewachsen waren; Schlote, gekrümmt von erlo-
schener Hitze; eiserne Türme, deren ganzer Rost geadelt
wurde vom Widerschein des Mondes; Bäume, die über
geborstene Mauern lugten, endgültige Bezwinger der Um-
zingelung durch die Fabriken, wuchernde dunkle Haar-
strähnen der eingekerkerten Natur, die den unerbittlichen
Ansturm des Bulldozers ahnte. Diesem nächtlichen Fest-
umzug fehlten nur noch ein alter Geiger und eine dicke
Fellini-Hure, dachte Carvalho und sagte es zu Claire, aber
diese hielt nicht inne in ihrem hartnäckigen Vormarsch,
bis die Models stehenblieben und auf sie warteten. Das
schöne, korinthisch blau umhüllte Skelett hatte eine viel
zu hohe Stimme, aber es kam nicht in Frage, auch nur
kleinste Änderungen an ihr vorzunehmen.

»Hier arbeiten wir. Etwa zweihundert Meter weiter
finden Sie eine verlassene Fabrikhalle, die heißt oder
hieß ... ich weiß nicht mehr ... Sie werden ein paar Buchstaben sehen, eine blaue Keramikplakette, sehr schön,
halb kaputt, einige Buchstaben fehlen, deshalb weiß ich
den Namen nicht mehr. Aber jemand hat an die Mauer
neben der Tür das Wort ›Skala‹ gemalt. Dort können Sie
Alekos finden.«

Sie hatte damit alle gemeint, aber ihre Augen ruhten
fest, komplizenhaft, mitfühlend auf Claire. Sie bekam im
Gegenzug eines der schönsten Lächeln der jungen Frau
und eine Neigung des Kopfes von Lebrun. Die Statistin
verschwand hinter einem eisernen Tor, das sich nur unter Protest öffnen ließ, wie die besten Tore aus den besten
Dracula-Filmen, und die drei Expeditionsteilnehmer blieben allein mit dem Anblick einer Straße, die den Katzen
und Ratten überlassen war. Claire war die erste, die die
Tür erreichte, und sie hob die Hand, als wolle sie jeden
einzelnen Buchstaben des Wortes ›Skala‹ liebkosen. Aber
die Sanftheit der Geste wich der gereizten Empörung des
Körpers, als sie feststellte, daß die Tür verschlossen war.

Die drei standen vor den Mauem der ersehnten und vorerst verbotenen Stadt.

»Verschlossen und verriegelt.«

»Von innen?«

»Es ist unmöglich, das herauszufinden.«

Die junge Frau wollte bereits laut Alekos' Namen rufen, während sie die Tür mit ungeduldigen Fußtritten bearbeitete, als Lebrun sie am Arm zurückhielt.

»Ruhig! Vielleicht wollen sie nicht gefunden werden. Womöglich ist auch alles viel einfacher. Wichtig ist es herauszufinden, wie man hier hineinkommt. Unsere Freunde, die Models, müssen es wissen. Wir sollten zurückgehen und sie fragen und dann wieder hierherkommen!«

»Geht ruhig, ich bleibe hier.«

»Es ist nicht ratsam, daß Sie alleine hier bleiben.«

»Ich kann selbst auf mich aufpassen.«

»Nur zehn Minuten. Wir gehen zurück und kommen sofort wieder hierher, sobald wir eine Lösung oder eine Antwort gefunden haben.«

»Er ist hier drinnen, ich fühle, daß er da ist, ich fühle, daß er sich von drinnen eingeschlossen hat.«

Aber sie folgte ihnen, um wieder vor allen Möglichkeiten des Labyrinths zu stehen, des Labyrinths aus Alleen mit pflanzenüberwucherten Schienen zwischen Gewächsen, im Mondschatten von Fabrikhallen, die schwach beleuchtet waren wegen geheimer Aktivitäten im Innern. Verrostete, gestrandete Loren, Kabel, die aus dem Nichts herabhingen, kaputte oder verschrottete Büromöbel unter Wellblechdächern, ein *Citroën Stromberg Ente* ohne Räder und Motor; Kartons, die einst nach irgendeiner architektonischen Ordnung gestapelt worden und mit der Zeit aufgeweicht waren und nun einen weichen, ausgebleichten Hügel bildeten, und die ferne Musik eines schallgedämpften Rockkonzerts versprach demjenigen einen krönenden Abschluß, der diese verschlossenen Kisten hinter sich gelassen hatte, zu denen mumifizierte und von Wildblumen geadelte Schienen führten. Carvalho ging voran und drang in eine der Hallen ein, nachdem er den kreischenden Widerstand ihrer Blechtür überwunden hatte. Im Licht der sich ergänzenden Scheinwerfer, die entweder von der Decke hingen oder ihre Lichtmäuler auf dem Zementboden aufrissen, probte eine Gruppe junger Frauen ein eindeutig modernes Ballett, denn sie bewegten sich, als mokierten sie sich über ihr eigenes Skelett, und die Musik klang wie ein Fuchsschwanz auf dem Drahtseil einer Schwebebahn. Ihre Bewegungen wurden dirigiert von einer kleinen, dicken Frau, die jedoch die Elastizität eines Kaugummis besaß, so wie sie sich selbst verdrehte und zusammenkrümmte, während sie die Bewegungen der Tanzenden korrigierte. Keine Spur von den Werbespotmodels, nicht einmal die Gelegenheit, nach ihnen zu fragen, bis die Chefin die Lust verlor, sich selbst durchzukauen, und fünf Minuten Pause gewährte. Nun nahm sie das Grüppchen wahr und winkte mit den Händen ab, bevor sie sie über ihr Gesicht legte.

»Ich hab's gesagt, keine Fotos! Hier drin wird alles zu grün.«

»Wir kommen nicht wegen Fotos. Wir suchen eine Gruppe von Models«, sagte Carvalho. »Eine Gruppe von Models! Und dann machen Sie Fotos, wenn man es am wenigsten erwartet!«

»Ich wiederhole, wir suchen eine Gruppe von Models! Vielleicht müssen wir sie auch gar nicht finden. Eigentlich suchen wir einen Griechen.«

»Schau, schau, aus den Models wird auch noch ein Grieche!«

»Ich bewundere Ihre Arbeit, aber ich bin kein Fotograf. Wir suchen ein paar Models, die wissen, wie man zu unserem Griechen kommt. Ein paar Meter weiter ist eine andere verlassene Fabrikhalle, die genauso aussieht wie diese hier, und unser Freund könnte dort sein, aber die Tür ist verschlossen, wahrscheinlich von innen. Wissen Sie, wie man hineinkommt, ob es irgendwo eine Seitentür oder eine Verbindung zu einem anderen Gebäude gibt?«

»Ich verlasse diese vier Wände nie. Und einen Griechen kenne ich auch nicht. Dort drüben sind die Models, die Sie suchen, aber die interessieren mich nicht und ... Hören Sie mal! Was machen Sie da?«

Eine geheime Logik hatte Claire dazu verleitet, eine kleine Kamera aus der Handtasche zu holen und das labile innere Gleichgewicht der Choreographin mit einem Blitzlicht zu zerstören, das wie eine Provokation klang. Lebrun lachte hemmungslos, und Claire schenkte der aufgebrachten Frau ein Lächeln der charmantesten Art.

»Ich sagte doch, ich will keine Fotos!«

Sie versuchte, an die Solidarität ihrer Tänzerinnen zu appellieren, aber diese wohnten der Szene mit frühmorgendlicher Müdigkeit bei.

»Keine Sekunde hat man hier Ruhe! Raus hier!«

Claire wirkte gelöst, als habe das verbotene Foto sie von der Angst der ganzen Nacht befreit, und Lebruns Heiterkeitsanfall hielt noch an, als sie die Halle schon verlassen hatten und wieder auf den Pfaden des Labyrinths wandelten.

»Das war genial. Warum hast du das getan?«

Jetzt war sie es, die Tränen lachte, und Carvalho verfolgte komplizenhaft, aber distanziert, dieses Lachkonzert, das Lebrun ab und zu unterbrach, um mit lauter Stimme das ausdrückliche Fotografierverbot zu wiederholen.

»Keine Fotos! Und Claire geht her und ... klick!«

Alekos schien für einen Augenblick vergessen, und das Paar drang mit wiedergewonnener Neugier ins Labyrinth ein, in der Erwartung eines weiteren nächtlichen Ungeheuers, das ebenso anregend war wie das soeben besiegte.

»Auf der Suche nach dem Heiligen Gral, schwer waren die Prüfungen des Herrn Parsifal!« deklamierte Lebrun, während seine Schritte plötzlich flinker wurden und auf das leuchtende Rechteck einer offenen Tür zusteuerten.

»Diese Stadt schläft nicht. Ich bin fasziniert, denn sie scheint zu schlafen, aber sie schläft nicht. Es ist phantastisch. Wer hätte sich träumen lassen, daß es hier solche großen alten Häuser voller Zauberer gibt! Finden Sie das nicht faszinierend, Carvalho? Kannten Sie diesen märchenhaften Ort?«

»Obdachlose! Diese Leute sind alle obdachlos, in einer Stadt am Vorabend der Zerstörung.«

»Die Models auch?«

»Ja, auch die.«

»Möglicherweise haben Sie recht, und wir sind alle obdachlos. Die Gesellschaft wird sich in Yuppies und Obdachlose spalten.«

»Um diese Zeit der Nacht habe ich keine Lust auf Vorträge. Lassen Sie uns zusehen, daß wir so schnell wie möglich den Griechen finden!«

»Der Grieche.«

Die offene Tür führte zu einem System winziger Zimmer mit ungeheuer hohen Decken, die schließlich in eine letzte große Halle mit einer riesigen Skulptur mündeten, die für Carvalho wie eine Artischocke aussah, obwohl er sich weigerte zuzugeben, daß es sich um eine Artischocke handeln könnte. Neben dieser fremdartigen Frucht stand ein Metallgerüst, auf dessen Gipfel sich ein junger Mann mehr für sie als für die fremdartige Frucht interessierte.

»Ist das eine Artischocke?« fragte Carvalho.

»Ganz recht. Das ist eine Artischocke.«

Trotz der Entfernung kam ihm dieses Gesicht irgendwie bekannt vor. Es war das Gesicht irgendeiner Berühmtheit. Lebrun umkreiste die Artischocke, und Claire hatte ihre Kamera wieder gezückt. Sie zeigte sie dem Mann auf dem Gerüst.

»Nur zu, Mädchen, mach ruhig Fotos, wenn's dir gefällt! Schließlich und endlich wird es eine öffentliche Skulptur!«

»Das hier ist für die Öffentlichkeit?«

»Ich bin jedenfalls damit fertig, ob sie später aufgestellt wird oder nicht, geht mich nichts mehr an.«

Der Bildhauer begann den Abstieg, und als er den Erdboden erreicht hatte, bestätigte sich Carvalhos Vermutung, daß es sich um einen angesagten Künstler der Stadt handelte, wenn er sich auch nicht an seinen Namen erinnerte. Marcial oder Marisco, etwas in dieser Art.

»Für die Spiele?«

»Nein. Die Akademie der Künste hat sie für einen Kongreß bei mir bestellt. Sie wollten ein Denkmal für die relative Wahrheit.«

»Die Artischocke!«

»Die Artischocke«, bestätigte der Künstler, der sein Werk mit blinzelnden Augen beknabberte, weil ihn das Deckenlicht blendete oder weil er müde war.

»Die Artischocke ist ein schönes Gemüse. Du entblätterst sie, und die Schöne hält still, bis sie nackt dasteht. Ich wäre gerne Gott, um solche Dinge zu erschaffen. Von welchem Indianerstamm seid ihr? Du siehst aus wie ein Mädchen aus der *Vogue* vor zwanzig Jahren, und diese beiden sind Filmhelden.«

Claire lachte, und dem Künstler gefiel, wie Claire lachte.

»Wir suchen einen Griechen namens Alekos.«

»Du siehst aus wie ein Bulle. Bist du einer?«

»Nein, ich bin der Neffe Anselmo, ein Freund der Familie.«

»Ein Freund von mir ist Maler, ein sehr guter Maler; er fährt voll auf Poesie ab und kennt ein Gedicht über einen Neffen namens Anselmo.«

»Das war bestimmt nicht ich.«

»Wie geht das Gedicht über den Neffen Anselmo?« fragte Claire.

»Wenn ich Gedichte aufsage, habe ich einen Akzent wie ein verhuschter Hund.«

»Ich liebe den Akzent von verhuschten Hunden.«

»Du bist nicht von hier. Du hast einen ausländischen Akzent. Aber ich werde das Gedicht für dich aufsagen. Eine echte Schönheit, Mädchen! Ein surrealistisches Gedicht von der Sorte, die dir das Gehirn mit der Rasierklinge öffnet!

Dieser Bucklige,
der durchs Schlüsselloch kommt,
sticht Nadeln in meine Augen,

spielt mit deinem Hintern, deinen Brüsten,
pißt in ein Buch von Mao
– es ist wohl der zweite Band –
frißt einen lackierten Fasan,
rülpst und fängt die Luft mit der Hand wieder ein,
während er sich entleert, langsam und brav,
auf deine Mousse au chocolat: es ist der Neffe Anselmo
Erinnerst du dich?
Na klar!
Manolo hat mir viel von dir erzählt.«

Carvalho erwog eine Sekunde lang die Möglichkeit, nach dem Titel des Buches zu fragen, falls es irgendwann in die Nähe seines Kaminfeuers geraten sollte. Aber ihn störte das unumwundene Interesse, das Claire an dem Artischocken-Designer zeigte, den er mittlerweile als Urheber der auf der Moll de la Fusta installierten fremdartigen Meeresfrucht identifiziert hatte – ein lächelnder Hummer, der über den Fischimbissen schwebte wie ein Monster aus einem japanischen Film mit Monstern, die wissen, daß sie aus Pappmaché sind.

»Wir haben Sie nach einem Griechen gefragt.«

»Es gibt hier so einen ausgeflippten Griechen, aber ich weiß nicht, wo. Er ist oder er war Maler.«

»Alekos. Er heißt Alekos«, sagte oder fragte Claire.

»Ja, ich glaube, er heißt sogar Alekos.«

»Was soll das heißen, er heißt sogar Alekos?«

»Was hast du mit diesem Griechen zu tun?«

»Ich bin so etwas wie seine Frau.«

»Er ist fast immer in einer verlassenen Fabrik in dieser Straße. Sie wird von keinem benutzt, weil sie kaum noch ein Dach hat, aber ein Winkel ist so weit in Ordnung, daß man dort unterkriechen kann.«

»Die Fabrik ist verschlossen, und wir glauben, daß Alekos dort drin ist.«

»Wenn er drin ist, ist er nicht allein. Er ist ständig mit einem anderen Griechen zusammen.«

»Heißt er Dimitrios oder Mitja?« fiel Lebrun ein.

»Ich glaube schon.«

Carvalho fixierte Lebrun. »Das ist neu. Wie viele Griechen suchen wir eigentlich?«

»Zwei«, antwortete Lebrun, ohne den Blick zu senken. Carvalho wandte sich wieder an den Künstler.

»Kommt man von einer anderen Seite aus in die Fabrik?«

Der Bildhauer studierte eher Carvalho als dessen Frage.

»Du bist vielleicht kein Bulle, aber du fragst wie einer. Ich weiß es nicht. Die Artischocke wartet auf mich. Ich muß sie vor Monatsende abgeben, und dieser Probe-Abguß gefällt mir nicht. Ich habe sie hier herbringen lassen, weil ich in diesem Raum die Dimensionen im Verhältnis zum Modell berechnet habe. Aber da ist irgend etwas, was mir nicht gefällt.«

Damit kletterte er wieder auf sein Gerüst. Carvalho drängte am ungeduldigsten darauf zu gehen. Die anderen hatten etwas von dem Interesse verloren, das sie dem Griechen entgegenbrachten, vor allem Lebrun, der immer wieder um die Riesenartischocke herumging, als wolle er dem Künstler helfen, die Ursache seines optischen Unbehagens herauszufinden.

»Vielleicht ist der Stiel zu massig.«

»Er muß massig sein, sonst bläst der Wind sie fort, und ich muß Drahtseile verwenden, aber das will ich nicht. Ich hab schon dem Hummer auf der Moll de la Fusta ein Drahtseil verpaßt, und jetzt sieht er aus wie eine *titella*.«

»Was ist eine *titella*?« fragte Lebrun Carvalho.

»Eine Marionette.«

Carvalho schaffte es, daß Claire und Lebrun ihm folgten; der Franzose drehte allerdings den Kopf immer wieder nach der Artischocke, offensichtlich beeindruckt von ihrem Volumen und den Bedeutungen, die er insgeheim entschlüsselte. Als er sie aus den Augen verloren hatte, rieb sich Lebrun die Hände und erklärte:

»Wir müssen Halle um Halle durchkämmen, Meter um Meter! Es wimmelt hier von Verrückten, Carvalho! Man sollte in diesen Randgebieten der Stadt, in diesem vorläufigen Niemandsland, die Dächer abheben, und wir würden das Heer der ausgegrenzten Kreativität erblicken!«

»Machen Sie sich keine allzu großen Illusionen. Das alles ist kein neuer Kontinent, sondern eine Insel, die untergeht.«

»Alekos«, sagte Claire mit erstickter Stimme. Carvalho schaute sich rasch um, ob irgend etwas auf die Anwesenheit dieses Mannes hinwies, aber sie waren wieder auf dem Weg durch das Labyrinth, und Claire hatte sich bloß neuerlich an den Grund ihres Kummers erinnert.

»Wir müssen dieses Model wiederfinden, sie schien am besten zu wissen, wo Alekos sein könnte.«

»Wir müssen die Halle finden, aus der das beste Licht kommt. Die Models stehen immer im besten Licht«, meinte Lebrun, und Carvalho gab ihm recht.

Es blieben noch drei Hallen zur Erkundung übrig, und die Auswahl schien nicht schwer. Eine lag im Dunkeln, in der zweiten brannte ein schwächliches, gelbes Licht, und die dritte erstrahlte im blauen Glanz eines fiktiven Himmels, den die leuchtwilligsten Sterne erhellten. Dorthin gingen sie über Wege, die sich scheinbar wiederholten, aber kaum hatten sie den riesigen Hangar betreten, war es, als hätten sie die unsichtbare Mauer überwunden, hinter der die unbekannten Dimensionen liegen, und sie betraten einen arabischen Bazar, wo die Huris um drei Herren im Smoking herumtanzten, wobei sie den Anweisungen eines kleinen Dicken folgten, der auf die Plattform einer schwenkbaren Kamera geklettert war.

»Maribel, Brust raus!«

»Ich hab keine.«

»Steckt Maribel was in den Vorbau! Es ist schon so spät, und wir sind immer noch nicht weiter! Hör mal, Pep, okay, du bist nicht Fred Astaire, aber mach deine Steptanz-Schritte, ohne dabei auf den Boden zu schauen! Das sieht aus, als würdest du Kakerlaken zertreten. Habt ihr die Rattenfamilie schon getötet, die dort in der Ecke ihr Nest hatte? Ich will sie nicht sehen, auch nicht tot! Die Flasche! Die Lichteffekte auf die Riesenflasche! Wir müssen jetzt in achtundvierzig Stunden schaffen, wozu wir in zwei Wochen nicht imstande waren! Was ist mit deinen Brüsten, Maribel?«

»Ich hab einfach keine.«

»Mensch, dann laß dich operieren, Mädchen, die sollen dir zwei richtige Ballons verpassen! Diese Brüste, Paquita ... Polster Maribel mal die Brüste aus! Was haben Sie hier im Studio zu suchen?«

Von seiner Höhe herab hatte Gottvater die drei Neuankömmlinge entdeckt.

»Sie machen Werbespionage, schon alles kapiert. Von welcher Agentur kommen Sie?«

»Wir drehen einen Spot über künstliche Schuppen.«

Der Regisseur ärgerte sich über Carvalhos Bemerkung, mußte dann aber immer mehr lachen. Aller Augen ruhten auf den dreien, und die brustlose Maribel kam ihnen zu Hilfe. Sie war das Model, das sie vom Restaurant hergeführt hatte.

»Das sind Freunde von mir.«

»Na, dann grüß sie schön, auch von mir, und geh wieder an die Arbeit, verdammt noch mal!«

Maribel führte sie in den freien Raum hinter den Kameras.

»Was ist los?«

»Die Lagerhalle ist verschlossen, entweder von außen oder von innen. Wenn er nicht dort ist, wo könnte er dann sein?«

»Er ist dort.«

Das sagte sie, als könne Alekos nirgendwo anders sein, und sie selbst begriff die Bedeutung ihres Tonfalls und verstand, daß sie Claire nicht im ungewissen lassen konnte.

»Erschrick nicht, aber es geht ihm ziemlich schlecht. Er wurde in ein Krankenhaus gesteckt und verließ es wieder, weil er, wie er sagte, dort nicht mehr lebend herauskommen würde. Jetzt haust er mit diesem Jungen in der Lagerhalle, von der ich euch erzählt habe. Er verläßt sie kaum.

Er ist dort. Wahrscheinlich haben sie das Tor von innen verriegelt. Die Hallen und leeren Fabriken sind Niemandsland, und manchmal gilt hier das Gesetz des Dschungels.«

»Machen sie uns auf, wenn wir klopfen?«

»Ich glaube nicht, daß sie euch hören. Sie wohnen am anderen Ende. Ich weiß aber etwas Einfacheres. Ihr geht in die Halle nebenan ... Aber es ist besser, ihr wartet, bis dieser Take vorbei ist, dann erkläre ich euch, wie ihr reinkommt.«

Sie lief zum Set zurück und ließ sich von Señora Paquita die Brust aufpolstern. Ein Regieassistent gab die letzten Anweisungen, dann ertönte die Stimme des Regisseurs vom Himmel herab und verlangte Ruhe und Action. Carvalho erwartete fasziniert, daß etwas Bedeutendes geschehen würde, aber die Huris taten nichts weiter, als mit Gaze nach den schönen Caballeros zu schlagen, und diese taten, als würden sie die Welt mit Steptanz-Schritten treten, während hinter ihnen eine riesige Flasche mit Eau de Toilette für den Mann aufragte.

»Stop! Besser, viel besser! Ein Take noch, dann ist es genug. Ingrid, wenn du deinem Partner die Gaze ins Gesicht schleuderst, achte darauf, daß du es mit Liebe tust!«

»Aber er ist ein Hurensohn!«

»Das interessiert aber weder unseren Kunden noch das Publikum!«

»Ich krieg dich schon noch!« verkündete der beleidigte junge Mann, während er versuchte, eine große, schlanke Blondine zu umarmen. Der Regisseur trank direkt aus einer Literflasche Coca-Cola, die er vorsichtig auf der Plattform abstellte, damit ihr ambrosischer Inhalt keinen Schaden nahm. Er verteilte Zurufe und Anweisungen in alle vier Himmelsrichtungen, und die Szene wurde wiederholt. Für Carvalho war sie vollkommen identisch mit der vorangegangenen, aber der Regisseur war vom Ergebnis begeistert.

»Endlich! Es hat gedauert, aber wir haben's geschafft!«

Die Einheit der Gruppe zerbrach an der Müdigkeit und dem Wunsch, nach Hause zu gehen. Maribel zog einen leichten Mantel über ihr Huri-Kostüm und eilte zu den Wartenden. Sie winkte ihnen, ihr zu folgen, und hüpfte auf den hochhackigen Schuhen voran. Sie gingen hinaus in die tiefe Nacht. Claire versuchte, die Frau einzuholen, und fragte sie nach der Krankheit von Alekos.

»Um die Wahrheit zu sagen: Ich weiß es nicht genau und will es auch lieber nicht wissen. Er war ein sehr hübscher Kerl, aber plötzlich wurde er immer dünner und dünner. Ich will dich nicht erschrecken, aber mach dich auf einen Anblick gefaßt, der dir nicht gefallen wird.«

Sie gelangten aus dem Labyrinth hinaus auf die Straße, wo die Katzen und die Ratten ihre Hauptrolle behaupteten. Das Model öffnete das Tor der Halle neben ›Skala‹, und sie betraten ein Gelände, das anscheinend einmal ein Baustofflager gewesen war. Sie führte sie zur linken Seitenwand und zeigte auf Stufen aus Fliesenresten.

»Wenn ihr hier hochklettert, kommt ihr auf die Mauer und könnt leicht auf die andere Seite springen, dort liegen auch noch Materialreste herum. Vielleicht wird es für den Herrn hier etwas mühsam.«

Sie deutete auf Carvalho, und die darinliegende Ironie erreichte den Detektiv zu spät, um seiner Antwort die Schärfe zu nehmen.

»Noch bietet man mir im Bus keinen Platz an.«

»Ich wollte Sie nicht verärgern.«

»Kommen Sie nicht mit?« fragte Lebrun.

»Nein. Nein, ich kann nicht. Meine Freunde warten auf mich, und ich bin nicht mit dem Auto hier. Aber jetzt ist es leicht für Sie. Suchen Sie mit Geduld! Das ist alles sehr groß, und die beiden lieben es, sich zu verstecken.«

Sie küßte Claire auf die Wangen und ließ sich von ihren Armen halten.

»Steht es so schlecht um ihn?«

»Ich weiß nicht, aber es sieht so aus. Tatsächlich kommt er schon seit Tagen nicht zu der Bar auf der Plaza, und Mitja hat es immer sehr eilig, als wolle er mit niemandem sprechen.«

Sie warf Carvalho und Lebrun Handküßchen zu und verschwand, wie eine klingelnde Puppe, die die Nacht verschluckt. Lebrun zeigte sich besorgt wegen des sportlichen Teils der Expedition.

»Willst du wirklich jetzt hingehen, Claire?«

»Wann denn sonst?«

»Morgen, ganz früh. Jetzt kommt es mir besonders makaber vor. Man sieht nicht mal Licht. Wie sollen wir ihn denn suchen? Mit den Händen tasten?«

»Ich habe eine Taschenlampe«, erklärte Carvalho.

»Auch wenn wir keine Taschenlampe hätten! Seit Monaten warte ich auf diesen Moment. Ich muß diese Geschichte zu Ende bringen, verstehst du das nicht? Mußt du sie denn nicht auch zu Ende bringen?«

»Ist ja gut … Gehen wir!«

Claire hielt Lebrun am Ärmel zurück.

»Sag nichts, tu nichts! Verstehst du? Alles wie abgemacht!«

»Alles?«

»Jawohl, alles.«

Jetzt sahen sie Carvalho an, als störe er sie, aber sie wußten die Taschenlampe in seiner Hand zu schätzen und fanden sich mit seiner Begleitung ab. Sie kletterte als erste hinauf und schaute in den Innenhof der benachbarten Halle hinüber.

»Es ist nicht so einfach«, sagte sie von oben.

»Du oder Señor Carvalho, einer müßte vor mir springen.«

Die beiden Männer erreichten ihren Aussichtspunkt, und Carvalhos Taschenlampe wies sie hin auf einen Sprung aus über drei Metern Höhe, auf einen Haufen Kartons am Fuß der Mauer, der den Aufprall kaum abmildern würde.

»Ich bin ziemlich biegsam«, sagte Lebrun. Er schwang sich rittlings auf die Mauer, hielt sich mit beiden Händen fest und ließ den Körper auf die andere Seite fallen, schwang, von den Händen gehalten, hin und her und suchte mit den Schuhspitzen nach einem Halt, um den Sprung rückwärts vorzubereiten. Endlich schien er ihn gefunden zu haben, holte mit den Hüften Schwung, löste die Hände und ließ sich fallen. Die Lampe zeigte ihn, wie er auf den Kartons saß. Wenn er sich weh getan hatte, so verriet sein unbewegtes Gesicht nichts davon.

»Sie sind dran, Carvalho!« rief er, und Carvalho wiederholte die Bewegungen des Franzosen. Der Mauerrand war aus hartem Sandstein und schürfte ihm die Haut der Handflächen auf, als er sich anklammerte, um den Körper ins Leere hinunterzulassen. Seine Hände schmerzten, und in den Achselhöhlen hatte er eine schmerzhafte Erschütterung gespürt, weshalb er sich weniger fallen ließ, um dem Schmerz zu entgehen, als vielmehr, um die begonnene Bewegung zu vollenden. Lebrun stemmte sich von unten etwas gegen ihn und dämpfte seinen Aufprall. Carvalho fand sich mit gespreizten Beinen und ziemlich durchgeschüttelt auf einem schlechten Polster aus vergammelten Pappkartons wieder. Mit schmerzendem Körper erhob er sich und stellte sich neben Lebrun, um Claire in Empfang zu nehmen. Die Taschenlampe zeigte zwei nackte, wohlgerundete Beine, wie Klöppel in der Glocke des Rocks, und die junge Frau fiel wie ein Fallschirm in die vier Arme der Männer. Nie hatte Carvalho sie so nahe gehabt; er fühlte den Anprall von festem Fleisch und roch den Duft von Heimat im Morgengrauen, den seine Augen schon im ersten Moment, da er sie sah, vorhergesagt hatten und den er nun nachprüfen, anfassen und in seinen Armen fühlen konnte, wenn auch in der zweckbedingten Umarmung, die er mit Lebrun teilte. Dieser löste sich aus der Gruppe, sobald Claire in Sicherheit war. Carvalho dagegen hielt die Umarmung aufrecht, und Claires Gesicht hob sich seinen Augen entgegen. Es lag weder Ironie noch ein Versprechen in ihrem Blick. Vielleicht Überraschung und vielleicht auch liebenswürdige Abwehr. Dann setzten sie sich wieder in Bewegung und stiegen den Hügel aus Pappkartons hinab. Sie ging voraus, bis sie die einschiffige, riesige Halle betraten, die sich nahezu über das ganze Grundstück erstreckte.

Dann ging Carvalho mit der Taschenlampe voraus und ließ das Licht von all seinen Entdeckungen in dieser industriellen Apsis erzählen, die in der Dunkelheit den unwirklichen Eindruck einer versunkenen romanischen Kirche hervorzurufen schien. Obwohl das Gebäude eine Einheit bildete, war es vielfach in einzelne Räume unterteilt. Sie durchschritten Vorbereitungszimmer für Zwecke, die sie nicht kannten, aber bei ihrer Suche gewannen sie immer stärker das Gefühl, daß ihre Stunde der Wahrheit allmählich anbrach. Ballen von schmutzigem Stoff, Füllwolle und Schnüren, nutzlos gewordene Rechnungsformulare, Kalender der frühen sechziger Jahre, Blechlampen ohne Birnen, Kabelbäume, entkorkte, unanständig große Korbflaschen, die von Staub und Spinnweben bedeckt waren, verstohlene Tiere, die in die verborgenste Dunkelheit flüchteten, und der Strahl des Lichts, der wie eine Schreibfeder ein Verzeichnis von Ruin und Untergang anlegte. Plötzlich mündete die unterteilte Zone in eine einzelne große Halle, von deren Dach noch immer Flaschenzüge und undefinierbare Getriebe für endgültig verstorbene Arbeitsprozesse hingen.

»Es ist, als würden wir in eine große Pyramide der industriellen Zivilisation eindringen«, flüsterte Lebrun, aber weder die Frau noch Carvalho reagierten auf seine Bemerkung. Von der Mitte der Halle aus wanderte der Lichtstrahl langsam und sorgfältig über alle denkbaren geometrischen Formen auf dem Fußboden sowie über die Wände und Decken ihres eisernen Skeletts. Niemand und fast nichts, aber man ahnte noch weitere Bereiche; der Rundgang war noch nicht zu Ende, und eine kleine Tür am Ende der Halle führte sie an den Fuß einer Treppe zu einem Zwischengeschoß. Am Fuß dieser Treppe rief Claire zum erstenmal laut:

»Alekos!«

Die beiden Männer rührten sich nicht, damit ihre Bewegungen eine mögliche Antwort nicht übertönten. Ihnen war, als hörten sie dort oben den Schatten eines Lebenszeichens, aber sie hatten weder genügend Licht, um einander anzusehen und sich den Eindruck zu bestätigen, noch genügend

Lust, um miteinander zu reden und ihre Eindrücke auszutauschen. Carvalho begann, mit der Taschenlampe im Anschlag die Treppe hinaufzusteigen, und sie gelangten vor eine Tür, die offensichtlich von innen mit einem schräg dagegengestellten Gegenstand blockiert worden war.

»Alekos!« rief Claire wieder.

Keine Antwort, nicht einmal der Schatten eines Lebenszeichens war bei diesem Versuch zu hören. Carvalho warf sich mit dem Körper gegen die Tür, und der Lärm des berstenden Holzes und des brechenden Stützstabs erfüllte die abgelagerten Schichten der Stille jener großen Halle mit Tumult und Bedrohung. Als die letzten Echos verklungen waren und sie sich wieder gefaßt hatten, erblickten sie in dem eröffneten Rechteck einen kleinen Flur, aus dessen Tiefe von Angst oder Vorsicht gedämpftes Getuschel drang. Die von Carvalhos Taschenlampe geschaffene erhellte Zone wurde von der runden Figur Claires erobert, die als erste den Schlußakt des Abenteuers erreichen wollte, und Carvalho mußte die Lampe senken, um ihr von hinten den Weg zu beleuchten. Der Flur führte auf eine Kreuzung, von der mehrere Wege abgingen, aber das erstickte Getuschel kam, mehr zu ahnen als zu hören, von rechts. Dorthin wandte sich Claire und erreichte das letzte Zimmer, in das ein hohes Fenster die Helligkeit des Mondes einließ, der plötzlich die Wolken besiegt hatte. In diesem Licht waren nun zwei Umrisse erkennbar, die sich an der Wand zusammenkauerten, und die Taschenlampe bedrängte sie lange genug mit ihrem Strahl, um sie zu zeigen, um zu staunen, zu erschrecken und Mitleid zu bekommen. Da war er, der Mann von dem Foto, oder vielmehr das, was von ihm übrig war, und an seiner Seite ein junger Mann, übel zugerichtet, aus Gründen, die zu ergründen sie keine Zeit hatten. Alekos war ein Skelett in Klamotten, und aus seinem Totenschädelgesicht tauchten zwei Augen auf, die übermäßig groß wirkten durch die Kleinheit des Restes seiner zerstörten Anatomie. Seine Lippen stammelten die Namen von Claire und Georges, er fragte sie, ob sie es wirklich seien, als hätten sie jemand anders sein können. Der Junge an seiner Seite hingegen lächelte und wirkte ungeduldig, als habe er lange Zeit diese Begegnung erwartet, die vielleicht zur Befreiung würde.

»Alekos«, sagte Claire.

»Mitja«, sagte Lebrun.

Und da begriff Carvalho, daß die junge Frau und Lebrun nicht dasselbe gesucht hatten. Aber in diesem Moment war es nicht seine Aufgabe, zu verstehen, sondern die Begegnung zu erleichtern, indem er seine Lampe auf die Fundstücke richtete. Claire trat vor und verdeckte mit ihrem Körper den von Alekos, der sich vom Boden halb aufgerichtet hatte. Das Licht der Taschenlampe kostete den Umriß der Frau aus, bis sie sich hinunterbeugte, damit nur sie hörte, was Alekos' Lippen flüsterten. Mitja, Lebrun und Carvalho waren zu steinernen Gästen erstarrt, und minutenlang dauerte diese erstickte Beichte, während Claires Hand, wie um es zu erforschen, das Gesicht des kraftlosen Mannes liebkoste. Keiner wagte sich auf dieses verbotene Gebiet der Gefühle, irgendwann wandte sie sich sogar zornig gegen das rohe Licht der Taschenlampe, und Carvalho schaltete es aus, eine Entschuldigung murmelnd, die nur er selbst hörte, vielleicht noch Lebrun, der neben ihm die Szene miterlebte, unversehens überwältigt von einer totalen Niedergeschlagenheit. So standen sie lange Minuten, schweigend, reglos, und respektierten die Glocke aus Zeit und Schweigen, die sich schützend über das Gespräch von Claire und dem Mann ihres Lebens gesenkt hatte. Endlich erhob sich Claire und blieb einige Sekunden lang gedankenverloren stehen, dann streichelte sie wieder Alekos' Gesicht und machte eine halbe Drehung, um Lebrun und Carvalho wiederzufinden. Sie nahm Lebrun beiseite und schob ihn in die Dunkelheit eines Winkels, wo sie leise miteinander sprachen. Sie sprachen beinahe so viel, wie sie schwiegen, und gerieten zuweilen an den Rand eines Streits, aber dann war sie es, die Lebrun umarmte und ihn um etwas bat, vielleicht um Verständnis, und von neuem fanden sie zurück auf den Pfad des Vertrauens. Endlich hörten sie auf zu debattieren und kehrten zurück zu Carvalho. Es war Claire, die ihn ansprach.

»Wir beide bleiben hier.«

»Ich kann draußen auf Sie warten, so lange es nötig ist.«

»Nein. Sie gehen, und wir bleiben.«

Das war ein Befehl und klang etwas gereizt. Lebrun nahm Carvalhos Arm und bat ihn, mit ihm hinauszugehen. Als sie die Kreuzung der Flure erreicht hatten, sagte der Franzose: »Sie müssen ihr verzeihen! Sie ist sehr erschüttert, und Sie haben wirklich alles getan, was Sie tun konnten, und das sehr gut, sehr schnell, erstaunlich schnell.«

»Es war relativ einfach. Um Obdachlose zu finden, muß man sich an Obdachlose wenden.«

»Wir wollen Sie nicht verärgern, aber Ihre Arbeit ist hiermit erledigt. Jetzt ist es unsere Sache.«

»Verstehe.«

»Ich begleite Sie zum Ausgang.«

»Ich finde ihn auch alleine.«

Aber er ahnte, daß der andere seinen Weggang überprüfen mußte, und so ließ er sich unter dem Vorwand begleiten, daß er ihm dann die Taschenlampe überlassen könne, für später, wenn sie beschlossen, den Ort zu verlassen. Lebrun folgte ihm, bis er hinaus auf die Straße trat, nachdem sie den Haupteingang von einem Balkenkreuz, das den Zutritt von draußen verwehrte, befreit hatten.

»Hier, die Taschenlampe! Sie werden sie brauchen, wenn Sie hier wegmöchten. Sie können sie mir zurückgeben, wenn Sie kommen, um die Rechnung zu begleichen.«

»Ich werde den Preis der Lampe aufschlagen und Ihnen einen Scheck zusenden. Wahrscheinlich werden wir uns nicht wiedersehen.«

Carvalho war bestürzt, und irgend etwas schmerzte in seiner Brust. Nicht, weil er über den Ausgang der Geschichte im unklaren gelassen wurde, sondern weil er Claire nicht wiedersehen würde.

»Vielleicht sollte man ...«

»Über den Scheck werden Sie sich nicht zu beklagen haben. Adiós, Señor Carvalho!«

Er hielt ihm die Hand hin, die ihn hinauswarf. Carvalho drückte sie, und als er wieder allein war, machte er sich Vorwürfe wegen der Abhängigkeit, die er im letzten Moment gezeigt hatte. Wie ein Eingeborenenjunge, der die beiden französischen Touristen liebgewonnen hatte und der nun abrupt seines Amtes als Führer der Weißen, als Führer der weißen Frau, enthoben wurde. Es gibt Winkel von sensibler Jugendlichkeit, die sich in unserem Geist verborgen halten und sichtbar werden, wenn du es am wenigsten erwartest, sagte sich Carvalho. Er brauchte jetzt einen guten Schluck 18jährigen Knockando und die willige Berührung seiner Laken, unbedingt seiner eigenen, die so gut die Schwächen und Bedürfnisse seines Körpers kannten. Er beeilte sich, wieder in den gezähmten Teil von Pueblo Nuevo zu gelangen, und als er ein Taxi fand, überlegte er, ob er sich nur zu seinem Wagen oder direkt nach Hause nach Vallvidrera bringen lassen sollte. Er brauchte unbedingt sein Bett, Whisky und Schlaf, also entschied er sich für die zweite Lösung und ließ, zu Hause angekommen, heißes Wasser in die Wanne laufen und tauchte ein in ein Bad, das ihn von allen Finsternissen, Spinnweben und Todesahnungen dieser Nacht reinigte. Tod. Das Wort zerfiel in seine einzelnen Buchstaben, und das T schwirrte durch seinen Kopf, der im seifigen Wasser lag, bis er es hinauswarf und die absolute Reinheit erlangt zu haben schien, innerlich wie äußerlich. An die Stelle des mächtigen T trat das mächtige lächelnde Haupt von Claire, diese sinnlichen und ironischen Lippen, dieser Farbton der Haut einer Frucht, die weich fließenden langen Haare. Einmal mehr sagte er sich, die Ausnahme bestätige die Regel seines Lebens, seiner Arbeit und seiner Tage, seines Biscuter und seiner Charo und des armen Bromuro, der so tot war. Er hatte die vier Himmelsrichtungen seines Hauses im Griff, und die Umrisse der Ruinenwelt, die er in dieser Nacht durchschritten hatte, verblaßten.

Nicht ganz vergessen konnte er indes die spontane Wahl, die Claire und Lebrun bei der Begegnung mit den beiden Männern getroffen hatten.

»Alekos«, sagte sie.

»Mitja«, sagte Lebrun.

Warum? Wozu? Was taten sie jetzt dort in der Dunkelheit? Welche Geschichte erzählten sie sich? Welche Geschichte würden sie zwischen jenen Ruinenwänden erfinden, um sich eine Zukunft zu ermöglichen? Er brauchte drei Whiskys, um sich entspannt zu fühlen und die nötige Bettschwere zu erreichen. Seine Laken halfen ihm. Sie waren frisch gewechselt und würden am nächsten Tag seinem tiefen, aber unruhigen Schlaf entsprechend aussehen.

Er erwachte mit dem Vorsatz, Charo anzurufen und ihr zu zeigen, daß er sie brauchte, so wie jeder Ehemann seine Frau wiederentdeckt, wenn seine wirklichen oder imaginären Abenteuer scheitern. Es war die Verlängerung eines Traums, der die Suche der letzten Nacht nachgebildet hatte, und Charo war als vierte Expeditionsteilnehmerin mitgekommen, obwohl Claire wie auch er selbst sie ignoriert hatten, Claire mit einer völligen Blindheit gegenüber ihrer Anwesenheit, er selbst indessen aus dem schlechten Gewissen eines Menschen heraus, der den schlimmsten aller Störenfriede nicht zulassen will. Aber Charo versuchte, sie ihre Anwesenheit spüren zu lassen, sich sogar nützlich zu machen und Ratschläge zu geben, wie Alekos am besten zu finden sei, als kenne sie die Geschichte und schließe sich in der besten aller konstruktiven Absichten an. Ab und zu unterhielt sich Lebrun mit ihr; Charo jedoch hatte, obwohl sie sich über das Entgegenkommen freute, keine Augen für ihn, sondern nur für Carvalho und die Frage, ob er ihre Anwesenheit wahrnahm. Er jedoch weigerte sich während des ganzen Traums hartnäckig, ihre Anwesenheit anzuerkennen. Er beantwortete ihre Bemerkungen, als kämen sie von Claire, Lebrun, ihm selbst. Aber als er durch eine Landschaft von stilisiertem Abfall wandernd von dem Abenteuer zurückkehrte, war es Charo, die neben ihm ging und sprach, sprach, sprach. Sie zog eine bereits wieder vergessene Bilanz dessen, was geschehen war. Sie tat es im Tonfall einer Bilanz, aber was hatte Charo im Traum tatsächlich gesagt? Etwas über Geld, denn plötzlich begann er, sich um den Scheck Sorgen zu machen. Oder etwas über die Sichtbarkeit, denn Charo und der Scheck wurden von der Taschenlampe abgelöst. Es war ihm derartig unangenehm, sich von seinen Dingen zu trennen, daß er sie sogar aufbewahrte, wenn sie nicht mehr funktionsfähig waren. Tat er dasselbe mit Personen? Diese Taschenlampe hatte in der Tiefe seiner Jackentaschen herrliche Momente erlebt. Hunderte von Toden war sie gestorben, wenn ihre Batterien erschöpft waren; ebensooft hatte er sie mit neuen Batterien wieder zum Leben erweckt und als Lichtquelle ausprobiert, und sie hatte mit der Befriedigung jedes funktionierenden Gegenstandes ihre Auferstehung signalisiert. Er sah sie vor sich, weggeworfen in dieser Ruinenlandschaft, die auf die Spitzhacke oder den Bagger wartete, die das Fleisch des alten Barcelona aufreißen würden, um eine neue Stadt ans Licht zu bringen, die einen großen Teil seiner besten und seiner schlimmsten Erinnerungen unter sich begraben würde. Vermutlich hatten Claire und Lebrun sie auf einen Haufen Unrat in einer Landschaft, der es an Abfall nicht mangelte, geworfen. Und wahrscheinlich hatten sie nicht einmal Abfälle ausgewählt, die der vorletzten Ruhe seiner Taschenlampe würdig waren. Was bedeutete ihnen dieser Stab aus nichts? Auf den Handflächen Carvalhos hingegen war der Abdruck ihrer Oberfläche, der Umriß ihres Doppellebens, zurückgeblieben. Verlassen hatte das Ding wohl den Weggang jener seltsamen Gesellschaft beobachtet, in der Erwartung, daß Carvalho zurückkam, um sie zu retten und ihr wieder Sinn zu verleihen. Ein solches Ende hatte die Taschenlampe nicht verdient, und er ärgerte sich über sich selbst, daß er sie so gnadenlos im Stich gelassen hatte – aus der bloßen Selbstsucht des Liebenden heraus, der etwas aus seinem Besitz bei der Geliebten lassen will, damit sie es zwangsläufig irgendwann berühren muß – und so ihre Anwesenheit bei dem Hexensabbat verlängert hatte.

Unschlüssig, ob er Charo anrufen oder irgend etwas anderes tun sollte, entschied er sich für letzteres. Er wirbelte durch Haus und Garten und versuchte, Katastrophen von Abschied und Vergessen zu lindern, ohne Auto und ohne jede Lust, nach Barcelona hinunterzufahren und sich auseinanderzusetzen mit dem Wirklichkeit gewordenen Ende der Suche nach dem verlorenen Griechen oder aber mit den Nöten der nymphomanen Señorita Brando, ihres Vaters, ihres

Bruders und der Hurenmutter, die sie geboren hatte. Er griff zum Telefon. Biscuter teilte ihm mit, auf dem Schreibtisch warte ein Umschlag, auf dem als Absender *Palace Hotel* stand sowie ein paar mückengroße Buchstaben im Dienst eines kurzen Adreßzusatzes: Georges Lebrun.

»Mach ihn auf!«

Ein Scheck über zweihundertfünfzigtausend Pesetas. Für zwei Tage Arbeit. Er mußte zugeben, daß es noch Großzügigkeit unter den Menschen gab, oder vielleicht hatte Lebrun einfach ein schlechtes Gewissen. Nur Lebrun? Zweihundertfünfzigtausend Pesetas für zwei Tage Arbeit, ohne weitere Soll-Werte als die etwas malträtierte Haut der Handflächen, Nadelstiche in den Achselhöhlen und ein leichter Schmerz im Herzen, jedesmal, wenn er sich an Claire erinnerte. Er würde Charo zum Abendessen und ins Kino einladen. Zu allem, was sie wollte. Er würde das Restaurant und sie den Film aussuchen. Nach dem anfänglichen Donnerwetter würde Charo nicht allzu anspruchsvoll sein, sie würde auch nicht allzu viele Erklärungen für die tagelange, nicht einmal durch einen Anruf gemilderte Verlassenheit verlangen. Vielleicht würde sie ahnen, daß durch Carvalhos Augen ein Schatten gegangen war, wahrscheinlich weiblichen Geschlechts, ein Schatten mehr auf dem an sich schon schattigen Bodensatz vergangener Zuneigung, aber sie würde das Essen, das Kino, den wiedergewonnenen Freund genießen und übertriebene Befürchtungen und Freuden vortäuschen, um ihre konkrete Traurigkeit und Furcht zu überspielen, um sich, sobald sich die Gelegenheit bot, in Carvalhos Arme zu werfen und ihn um einen imaginären Schutz zu bitten. Oder auch einen nicht gar so imaginären. Aber das dunkle Übel tat weiter seinen Dienst, und Carvalho verkroch sich wieder in der Einsamkeit seines Hauses, oben auf der Höhe, und sein Kopf schwirrte von den zerbrochenen Bildern einer Stadt, dieser Stadt, seiner Stadt und ihrer so merkwürdigen Besucher. Und der Grieche. Die Griechen.

»Alekos«, sagte sie.

»Mitja«, sagte Lebrun.

Diese beiden am Ende eines Labyrinths oder dessen, was wie das Ende eines Labyrinths wirkte, gefunden mit Hilfe seiner armen Taschenlampe. Nein. Noch würde er Charo nicht anrufen, aber er mußte mit jemandem reden und rief seinen Nachbarn an, den Steuerberater Fuster, falls er noch zu Hause wäre. Dort war er nicht. Wohl aber in seinem Anwaltsbüro und ebenso überrascht wie sonst Charo von Carvalhos unerwartetem Sich-Erinnern. »Bist du krank?«

»Mein Körper verlangt von mir, zu kochen und mit jemandem, der es zu schätzen weiß, zu essen, was ich gekocht habe.«

»Dafür bin ich da.«

»Heute abend. Gib mir den ganzen Tag Zeit, um etwas Raffiniertes auszuhecken, die Zutaten einzukaufen und mich selbst auf die Probe zu stellen!«

»Du stellst mich vor die Wahl: entweder das Orchester der Stadt Barcelona unter Leitung unseres Nachbarn Blanqueras oder dein Essen.«

»Ich will kein Werkzeug der Barbarei sein. Ich werde auf dich warten.«

Wie wäre es mit folgender Vorspeise: Als Basis der Pyramide gebratene Auberginen, darauf eine dicke Tomatensauce mit Sardellen, ein pochiertes Ei, Sauce Hollandaise und ein Eßlöffel Kaviar? Das fragte er bereits sich selbst angesichts der Fünfzig-Gramm-Dose Kaviar, die er in seinem Kühlschrank entdeckt hatte. Die reichte aus, um zwei reichlich bemessene, großzügige Eßlöffel Kaviar auf die zu falschem Marmor erstarrten Eier zu häufen. Er hatte Butter für zwei Portionen Sauce Hollandaise und tiefgefrorene Scampi für einen dicken Sud aus Meeresfrüchten, mit dem er die Sauce Hollandaise verflüssigen und aromatisieren würde. Zweiter Gang? Er durchwühlte die tiefgefrorenen Ersparnisse seines Kühlschranks und stieß ein »Heureka!« aus, als er entdeckte, daß er immer noch Reste von Schweinenetz besaß, mit dem er jede erdenkliche Füllung umhüllen konnte. Er mußte nicht einmal das Haus verlassen, war sozusagen autark und ungeheuer froh über diese Entdeckung. In den zwei Stunden, die bis zum Mittag blieben, kochte er einen schnellen Meeresfrüchte-Sud aus den Scampiköpfen, Karotten, den Resten einer bleichsüchtigen Selleriestange, Knoblauch und einer Porreestange, die schon wie eine vertrocknete Frühlingszwiebel aussah. Dann pürierte er die ganze Mischung und strich sie durch ein Sieb, hob ihren Geschmack mit einem Glas Weißwein und reduzierte sie anschließend auf kleiner Flamme, bis sie eine nahezu cremige Konsistenz erreichte. Parallel dazu bereitete er die Füllung vor: eine Hähnchenbrust, ein vorgekochtes und entbeintes Schweinepfötchen, Fleisch von Schweinerippchen, das er aufbewahrt hatte, um *fideos a la cazuela* zu machen, Zwiebeln, Tomaten, eine Knoblauchknolle; ein Sträußchen von Kräutern aus seinem Garten: die am besten erhaltenen Salbeiblätter, den Majoran, den er beim Gießen beklagenswert vernachlässigt hatte, und Lorbeer, der die geeigneten trockenen Blätter unterhalb seiner grünen Üppigkeit trug. Die gelben, toten Lorbeerblätter erinnerten ihn wieder an seine Taschenlampe. Als er das Gericht reichlich mit Cognac benetzt und flambiert hatte, wartete er, bis es abkühlte, um das Fleisch herauszunehmen, kleinzuschneiden und mit Paniermehl, Ei und Trüffeln zu vermengen, während er den Fond für die abschließende Sauce beiseite stellte. Dann breitete er das Schweinenetz auf der Marmorfläche aus und teilte es in vier rechteckige Stücke, in deren Mitte er je ein Häufchen der gehackten Füllung gab. So entstanden vier Päckchen voller künftiger Genüsse, die er in Mehl wälzte und langsam in nicht zu heißem Öl briet, damit das Netz nicht riß. Nach und nach nahmen die kleinen Bündel die Farbe und die Form falscher entbeinter Schweinepfötchen an. Er mischte die entstandenen Fette und Fonds mit den beiseite gestellten, als die Fleischteile ihr glückliches Ende als Füllung erreichten, dünstete in diesem Fond Gemüse an und gab Fleischbrühe sowie weiteren Weißwein und

Cognac dazu, um dann die viele Arbeit durchs Sieb zu streichen und eine dickflüssige Sauce aufzufangen, die dazu bestimmt war, den dunklen Tümpel zu bilden, in dem die vier eingeschlagenen Pakete mit der Präzision eines dankbaren Quartetts ihren Platz einnahmen. Schon war der zweite Gang vollendet. Als die eingemehlten Auberginenscheiben für die Basis der Pyramide gebraten waren, die Tomatensauce fertig war und der Kaviar in seiner Dose, das pochierte Ei sowie die mit Meeresfrüchten aromatisierte Sauce Hollandaise die Ankunft des musikbegeisterten Steuerberaters Fuster erwarteten, war es sieben Uhr, ziemlich genau sieben Uhr abends. Warum nicht noch eine Nachspeise? Vor allem, wenn er Fusters Kritik an seiner Vernachlässigung der Nachspeisen bedachte, eine Folge seiner schlechten Erziehung der gastronomischen Gefühle mit vielen schweren und aus einem einzigen Gang bestehenden Gerichten oder der Sehnsucht nach unerreichbaren Proteinen. Im Gegensatz zur Überzeugungskraft der entsprechenden spanischen Konditorkunst, die mit Mehl, Ei und Mandeln auskommt, um fünftausend Varianten von Süßspeisen zuzubereiten, schätzte er die Einfachheit der volkstümlichen Nachspeisen italienischen Ursprungs. Er griff also auf ein Buch zurück und war ein wenig gespannt, denn es handelte sich um ein Buch über Kochkunst, eine der wenigen unschuldigen Künste, die er achtete und mit ihnen auch das vermittelnde Medium. Der *Talismano della felicità*, die weit verbreitete Bibel der italienischen Küche von der Kennerin Ada Boni, war ein Geschenk von einem spanisch-italienischen Ehepaar, mit dem er sich auf dem Flug Rom–Barcelona über Küche und Imperialismus unterhalten hatte. Sie hatten ihm sogar eine Widmung hineingeschrieben: Von den Eheleuten Corti-Pellejero für Pepe Carvalho, nach einem schwierigen Gespräch. Die erste Seite, die er aufschlug, traf genau zusammen mit dem, was er mit seinem Vorrat an herbstlichen Lebensmitteln zubereiten konnte: Soufflé von Kastanien. Er hatte sie aus Nostalgie gekauft, ein Ritual der Erinnerung an die Zeiten, als seine Mutter die Kastanien in einer alten, löchrigen Pfanne gebraten hatte, damals noch auf dem Feuer der minderwertigen Nachkriegskohle oder der Kohlenstaubkugeln, im Licht der Karbidlampe – noch vor der elektrischen Aufklärung jenes Altstadtviertels, das heute von den guten und schlechten Absichten der Postmoderne bedroht war. Zu den in der umfunktionierten Pfanne gebratenen Kastanien gab es *panellets* aus Süßkartoffeln, dem einzigen Grundstoff für Süßspeisen, den sich damals alle Spanier leisten konnten. Meine Erinnerungen werden mich nicht überleben, sagte sich Carvalho und pfiff einen Tango, um dann einen improvisierten Text zu singen:

Die Erinnerung ging mit einem andern
und ließ mich liegen wie ein zerbrochenes Spielzeug,
schluchzend und schniefend,
in einem Winkel.

Er ging nicht über den Refrain hinaus, während er die Grundlage für das Soufflé vorbereitete. Die Kastanien wurden gegart, gewissenhaft geschält, durch die Püreepresse gezwungen und in eine kleine Kasserolle gegeben, wo sie den Balsam der Butter, einen Eßlöffel Schokoladenpulver und zwei Eßlöffel Zucker empfingen, alles gut mit einem hölzernen Spatel vermischt, der das Gemisch über kleiner Flamme weiter durcharbeitete, während es mit Tropfen von flüssigem Vanillearoma parfümiert wurde. Nun war das Bett bereitet für das geschlagene Eiweiß und das magische Wachstum des Soufflés. Er gab die Mischung in eine Terrine aus feuerfestem Ton, Tonware aus León oder Zamora, die die Hitze am besten hält. Bis Fuster kam und das Abendessen seinem Ende zuging, würde das Soufflé den Schlaf des Gerechten schlafen. Mittlerweile war es neun Uhr. Warum hatte sie nicht versucht, ihn zu Hause anzurufen? Charo? Claire? Um welche Zeit war das Konzert zu Ende? Zu einer maßvollen Zeit, denn ausgewogene Kultur darf nicht zu einer unausgewogenen Lebensführung zwingen.

Er döste tatsächlich, als Fuster um halb elf Uhr klingelte. Er war gekleidet wie ein Steuerberater und Anwalt, der zu einem Konzert geht, sogar mit seidenem Halstuch, oder nennt man es nicht mehr Halstuch, wenn es aus Seide ist? Fuster lauschte der Speisenfolge mit gespielter Gleichgültigkeit und hob eine Braue, als Carvalho ein Kastaniensoufflé als Dessert versprach.

»Allmählich ißt man in diesem Hause wirklich gut!«

Carvalho setzte eine Kasserolle mit Wasser und Essig aufs Feuer, schlug, als die Mischung aufzuwallen begann, zwei Eier auf und warf ihren Inhalt in die brodelnden, angesäuerten Fluten. Er rüttelte das Gefäß, damit sich die helle Mähne von Eiweiß um den Dotter legte, und bewaffnete sich nach drei Minuten mit einem Schaumlöffel, um die Eier in eine tiefe Schüssel mit kaltem Wasser zu geben, wo sich die marmorne Transsubstantiation vollendete. In der Zwischenzeit nutzte er das kochende Wasser, in dem die Eier vom rohen in den halbgaren Zustand übergegangen waren, als Dampfbad für eine kleine Kasserolle, in der er Butter, Eigelb, Salz, Pfeffer und einen halben Teelöffel Zitronensaft zu einer dicken Hollandaise rührte. Er nahm sie vom Feuer und gab eßlöffelweise konzentrierten Scampisud hinzu, bis er Geschmack und Konsistenz angemessen fand. Nun begann er, auf jedem Teller die Pyramide zu bauen. Unten die Auberginen, darüber die Tomatensauce mit den Sardellen, dann das pochierte Ei, dem er die Rockschöße des gekochten Eiweißes abgeschnitten hatte, über das Ei ein großzügiges Saucenbad, das die Pyramide durchtränkte, und darauf ein Eßlöffel iranischer Kaviar, gelatinös, samtig, definierend und definitiv. Fuster verzehrte diesen Barockstreich in barocker Manier, und barock waren auch seine Begeisterung über jede Ladung der Gabel und seine Kommentare.

»Wunderbar, dieses Spiel der Konsistenzen, die Mischung der grundlegenden Geschmacksrichtungen: sauer, süß, salzig. Und dieser Akzent mit dem Kaviar, wie ein Proparoxytonon auf einem Wort mit zahlreichen Silben, an dessen Ende eine Menge aufgeschobener Freuden winken.«

»Du bist in barocker Laune.«

»Ich esse eben gut.«

Dafür hatte er bei den gefüllten Schweinsfüßen etwas auszusetzen, weil er eine Beilage vermißte.

»Pilze zum Beispiel.«

Aber Carvalho tat, als kümmere er sich um den Zustand des Soufflés, das wie durch ein Wunder aufging und sich goldbraun färbte, das Wunder des qualvollen Wachstums von geschlagenem Eiweiß, das das ängstliche Kastanienpüree zur falschen Hoffnung auf eine Fluchtmöglichkeit trieb. Auf dem Tisch leere Flaschen von Cava Recaredo *brut nature* und Rotwein des Weinguts Valduero, die in den Mägen von Fuster und Carvalho ihre Seele ausgehaucht hatten. Zum Soufflé servierte Carvalho einen korsischen Kastanienlikör, der vor Jahren im Inneren einer Steingutflasche Zuflucht gesucht hatte.

»Auf den Straßen von Korsika wimmelt es von dunklen Schweinen. Sie sehen aus wie Wildschweine, aber wenn es Nacht wird, gehen sie kastaniensatt wieder nach Hause. Es ist schon viel zu lange her, daß ich dort war. Als ich mich von meiner Freiheit zu reisen verabschieden wollte. Eines Tages fahre ich noch einmal hin. Ich muß allmählich damit anfangen, die Orte auszuwählen, die ich noch einmal sehen will.«

»Worum handelt es sich diesmal?«

»Wie meinst du das?«

»Jedesmal, wenn du mich zum Abendessen einlädst, forderst du dich in Wirklichkeit zum Kochen heraus, und jedesmal, wenn du kochst, hast du irgendeine Neurose, bist besessen von etwas, das dir schwer im Magen liegt.«

»Es gibt eine Frau, die mir allzu gut gefällt, und ich kann es nicht ausstehen, wenn mir eine Frau allzu gut gefällt. Gestern nacht, als ich ihr auf eine verrückte Suchexpedition gefolgt bin, wollte ich plötzlich, daß sie für immer bei mir bleibt, daß sie ihr Leben ändert, daß sie mein Leben ändert. Es irritiert mich, wenn ich mich so verletzlich fühle, auch wenn es nur achtundvierzig oder zweiundsiebzig Stunden dauert! Sie ist abgereist oder reist bald ab, und ich fühle mich sitzengelassen wie ein pubertierender Jüngling, ein alter Jüngling mit vergeblich gefletschten Reißzähnen.«

»Ich selbst war das letztemal verliebt in der Zeit, als der Film mit Lee Marvin, Jean Seberg und Clint Eastwood herauskam ... *Westwärts zieht der Wind*. Das ist zwanzig Jahre her. Beinahe. Ich muß archäologische Ausgrabungen in mir selbst unternehmen, um die Überreste dieses Gefühls zu finden. Ich erinnere mich an den Film, weil es um eine *ménage à trois* geht, bei der der Alte schließlich die Partie verliert.«

»Vor zwanzig Jahren warst du noch nicht alt.«

»Ich bin fast so alt wie du. Wir gehören zu diesen Typen, die mit achtzehn schon vierzig Jahre alt waren und dann weitere vierzig Jahre gebraucht haben, um einundvierzig zu werden. Das ist die Konsequenz einer Jugend in der Zeit nach dem Bürgerkrieg.«

»Ich bin so verunsichert, daß ich sogar Gedichte schreiben könnte.«

»Und Charo?«

»Bitte!«

»Laß uns was Starkes trinken, das uns die Muskulatur von Superman zurückgibt!«

Carvalho durchsuchte seine äthylischen Vorräte und kehrte mit einer hochprozentigen Flasche ›Mirambel‹ ins Eßzimmer zurück. Fuster leerte eine Schale Kaffee.

»Man muß dem ultimativen Alkohol den Weg ebnen. Dieser Kaffee ist ausgezeichnet. Du hast mir zum Abendessen noch nie guten Kaffee serviert!«

»Ich habe beschlossen, meine unnützen Kenntnisse zu vervollständigen, und nehme Stunden bei einem Kaffeehändler an der Plaza Buensuceso. Er hat ein Geschäft, das sich *La Puertorriqueña* nennt, und von ihm stammt diese Mischung aus achthundert Gramm erstklassigem

kolumbianischen Kaffee und zweihundert Gramm domini-
kanischer Röstung.«

»Irgendwann kommt der Zeitpunkt, an dem das Wissen
viel zuviel Raum einnimmt. Du Glücklicher, du liest nicht
und brauchst das Wissen anderer nicht mehr zu lagern. Du
solltest wieder lesen!«

Carvalho tat, als spucke er aus, aber Fuster war schon
dabei, auf französisch zu rezitieren: »*Cher moi!, le meilleur
de mes amis, le plus puissant de mes protecteurs, et mon
souverain le plus direct, agréez l'hommage que je vous fais de
ma dissection morale: ce sera tout à la fois un remerciement
pour tous les services que vous m'avez rendus, et un encou-
ragement à m'en rendre de nouveaux ...* Dieser Scharfblick!
Restif de la Bretonne, ein Mann des achtzehnten Jahrhunderts, der dazu fähig war, Nachforschungen über sich
selbst anzustellen! Ich lese gerade die Sammlung aus der
Bibliothèque de la Pléiade. Ich habe alle Titel gekauft, alles,
was mir gefehlt hat, und für die Titel subskribiert, die bis zu
meinem Tod herauskommen werden. Meine Verwandten
habe ich beauftragt, sie mir laut vorzulesen, wenn ich auf
meine alten Tage nicht mehr lesen kann. Kennst du Restif
de la Bretonne?«

»Ich habe nicht die Ehre.«

»Er hat im achtzehnten Jahrhundert ein glänzendes
Werk geschrieben. *Monsieur Nicolas.* Er war ein aufgeklärter und diszipliniert anarchistischer Geist. Daher kann er
in diesen wirren Zeiten als Bezugsgröße dienen. Kann man
überhaupt etwas anderes sein als ein diszipliniert anarchistischer, aufgeklärter Geist? Kann man etwas anderes sein
wollen?«

»Ich würde gerne lernen, entblößt von meinen Erinnerungen zu leben, entblößt von allen meinen Erinnerungen,
von den ältesten bis zu den jüngsten.«

»Du brauchst sie nur zu dosieren. Manche Leute sagen,
daß wir in unserem Gehirn die gesamten Erinnerungen
der Evolution gespeichert haben, seit den Zeiten, als wir
Fische waren, dann Amphibien und schließlich Reptilien.«

Fuster fuhr fort, Fragmente zu rezitieren, die sich immer weiter von seiner momentanen Lektüre entfernten, und Carvalho klinkte sich aus, als der unedle Gelehrte zu den italienischen Renaissancedichtern kam und unter anderem ein lateinisches Gedicht eines gewissen Fracastoro über die Syphilis zu deklamieren begann. Die Schnapsflasche nahm in gleichem Maß ab, wie das Niveau von Fusters Vortrag sank oder sich auf seine Quintessenz reduzierte. Als er keine Lust mehr hatte zu reden oder seine Stirn endgültig umwölkt war, sah Fuster Carvalho zu, wie er mit Fingern eines spielenden Kindes Schnapsflüsse über die Tischplatte zog.

»Enric, wir verstecken uns hinter den Worten.«

Fuster erhob sich schwankend.

»Das Abendessen war wirklich erlesen und hat uns zugleich einige anthropologische Einsichten gewährt. Ich kehre zurück in meine Gemächer.«

Aber Carvalho hatte nicht mehr die Kraft, ihn zur Tür zu begleiten. Er hatte Fuster wie immer dazu benutzt, um sich selbst zuzuhören. Nun machte er sich auf der Tischplatte Platz für Kopf und Arme, zwischen den Resten des Freßgelages und dem unsichtbaren Schatten des Wortgelages. Er schlief, bis seine Rückenmuskulatur nach einer besseren Lage verlangte. Er füllte seinen Körper wie eine Flasche mit kaltem Wasser auf und ließ ihn wie einen feuchten Weinschlauch aufs Bett fallen. Er erwachte ohne Kater – weil wir nur gute Sachen getrunken und nur nutzloses Zeug geredet haben, sagte er zu sich selbst. Nachdem er geduscht hatte, bestellte er telefonisch ein Taxi und sehnte sich während der schlingernden Abfahrt nach seinem Auto, das die Abhänge des Collcerola-Gebirges aus dem Gedächtnis hinabfahren konnte, dieses Gebirges, das belagert wurde von Bauarbeiten für Ringautobahnen und Tunnels, die die Koordinaten seiner Stadt verwundeten. Unten auf den Ramblas wollte er die gesamte aufgeschobene Wirklichkeit nachholen und kaufte mehrere Zeitungen, die er sogar las, vor allem *El Periódico*, denn dort erfuhr er vom Fund einer Leiche in Pueblo Nuevo. Ein ausländischer Staatsbürger, gestorben an einer Überdosis. Carvalhos Augen spielten mit der Nachricht, und seine Gedanken standen still. Ein ausländischer Staatsbürger. Gestorben an einer Überdosis. Pueblo Nuevo. Keine konkreten Angaben. Kein Name. Nicht einmal die Anfangsbuchstaben. Er widerstand der Versuchung, sich zu viele Gedanken zu machen, aber Biscuter rief ihm, kaum war er zur Bürotür hereingekommen, alles bis in die kleinsten Details ins Gedächtnis zurück, was er zwei Abende zuvor erlebt hatte.

»Chef, Inspektor Contreras hat einen von seinen Jungs hergeschickt. Er will Sie sehen. Für alle Fälle haben sie mich schon mal ausgehorcht, in einem Ton – das war mehr geschnauzt als gesprochen, also auf die ganz gemeine Tour, Chef, für diese Leute ist und bleibt man der, den sie in ihren Akten haben, und die haben sie sich für alle Zeiten auf die Eier tätowiert, Chef, weil so, wie's denen aus den Eiern kommt, so steht's auch in den Akten, Chef. Und Mister Brando, Entschuldigung, Señor Brando ist richtig sauer, er will den Vertrag kündigen, weil er immer noch nichts von Ihnen gehört hat. Und Charo, Chef, die Señorita Charo sagt, Sie werden alles aus dem Brief erfahren.«

»Was werde ich erfahren, Biscuter?«

»Daß Sie keinen Pfifferling wert sind, hat die Señorita Charo zu mir gesagt, und daß Sie sie nur zum Heulen und Jammern bringen.«

»Was wollten die von Contreras? Wozu der ganze Aufstand?«

»Sie sagten was von einem Griechen. Von diesem Griechen da. Ich hab aber dichtgehalten. Stimmt es, daß er tot ist?«

»Möglich. Ruf Mister Brando an und sag ihm, daß ich an seiner Geschichte dran bin, daß ich mehrere Spuren verfolge! Hat sonst niemand angerufen?«

»Nein.«

»Und du warst die ganze Zeit hier?«

»Ja. Sie hat nicht angerufen.«

Sie hatte nicht angerufen. Sogar Biscuter wußte, an welcher Krankheit er litt. Entweder um sich einer Roßkur zu unterziehen oder weil er all das Geschehene von sich fernhalten mußte, nahm sich Carvalho wieder die Notizen zum Fall Brando vor. Und hinter dem nackten Engel, aufgespießt auf der Rute eines alten Mannes, erschienen wieder die Gesichter ihres Vaters, ihrer Mutter und des Turners sowie das noch leere Gesicht des tugendhaften, gesetzten und biblischen Bruders. Es war ein ausgezeichneter Morgen, um sich mit biblischen Brüdern zu unterhalten, und er suchte in seinen Aufzeichnungen nach der Adresse von José Luis Brando, dem leitenden Direktor der Brando Verlags-GmbH.

»Er ist ein Verräter, der die Firma ans ausländische Kapital verschachern will«, hatte der Vater verkündet.

»Er hat zwei Gehirne, eins da, wo das Herz sitzt, und das andere am normalen Ort«, hatte die Mutter verkündet.

Das Verlagsgebäude war ein Neubau, wohl von einem bedeutenden Architekten entworfen, und seine Eingangshalle war so groß, daß alle Bücher darin Platz finden würden, die Fuster in seinem ganzen Leben gelesen hatte, und alle, die Carvalho in derselben Zeit hätte verbrennen können. Die Mädchen an der Pforte waren gekleidet wie die Stewardessen eines Raumschiffs, und die Glastüren öffneten sich geräuschlos, als schwebten sie in einer schwerelosen Blase. Hier und dort sah man riesige Fotografien der Verlagsautoren, deren Gesichter wegen des maßlosen Rasters viel zu körnig waren, und Carvalho erkannte nur einige wieder, die ihm seine Erinnerung oder die Medien aufdrängten. Er meinte, auch Autoren wiederzuerkennen, die das Krematorium seines Kamins passiert hatten, und er verspürte nicht den geringsten Anfall von Reue. Schließlich und endlich hatte er ihre Werke ja gekauft. Das Mädchen, das sich um ihn kümmerte, hatte gewisse Schwierigkeiten, Worte zu formen, vielleicht bedingt durch ein Übermaß an Make-up, aber der Sinn dessen, was sie ihm mitteilen wollte, ging aus dem abschätzigen

Blick hervor, der sich nicht einmal um die Feststellung bemühte, ob es sich bei Carvalho um einen Menschen oder einen verirrten Stör handelte. Señor Brando sei nicht da. Als Carvalho den Urteilsspruch nicht akzeptierte, korrigierte sie ihn: Señor Brando sei für niemanden da. Niemand, das war Carvalho. Die Gegensprechanlage änderte ihre Antwort, sobald ihr das Mädchen Carvalhos jüngsten Einfall mitgeteilt hatte:

»Hier ist ein Herr, der sagt, Ihre Schwester solle verhaftet werden.«

Kurzes Schweigen. Endlich das unvermeidliche »Soll reinkommen!«. Carvalho hatte plötzlich das Gefühl, als spritze ihm jemand oder etwas eine Dosis Angst in die Adern. Vor zehn Jahren hätte er seine Lüge weiterverfolgt und seinen Körper darauf vorbereitet, jeder möglichen Aggression mutig entgegenzutreten. Jetzt fürchtete er, in einer beständigen Fehlabstimmung von Form und Inhalt zu leben, als würden sein Körper und sein Geist keine Verantwortung mehr für die Muskulatur übernehmen, wenn er fremder Gewalt entgegenträte. Du wirst alt, sagte er sich, und das war nicht die beste Gemütsverfassung, um diesem jungen, in fast jedem Sinn des Wortes athletischen Mann gegenüberzutreten. Er saß an der Rückwand eines endlosen Raumes hinter einem Schreibtisch, der dreimal so teuer war wie der seines Vaters. An den Wänden hingen Fotos der Brandos, was Carvalho aus der Tatsache schloß, daß auf zwei Männer aus alter Zeit ein ziemlich aktuelles Foto des ersten Brando folgte, den er kennengelernt hatte. Ein Familienunternehmen, das jetzt der angehende Erbe führte.

»Ihr Vater ...«

»Wenn wir mit meinem Vater anfangen, können Sie gleich wieder gehen.«

»Ihre Mutter ...«

»Für die gilt dasselbe.«

»Ihre Schwester.«

»Was ist mit meiner Schwester?«

Jede Festung hat ihre Schwachstelle. Carvalho erzählte ihm von der Razzia, und der moderne junge Mann, der wie die Karikatur eines Yuppies wirkte, verzog keine Miene. Er ließ ihn reden und wurde dabei immer ärgerlicher.

»Was erzählen Sie mir da? Die Geschichte von der Verhaftung kenne ich längst. Das war nämlich ich, der an den Fäden gezogen hat, damit meine Schwester wieder freikommt.«

»Ihr Vater sagt, er sei's gewesen.«

»Er hat sich darauf beschränkt, seine Göre abzuholen. Alle notwendigen Schritte im Vorfeld habe ich unternommen. Ein Verlag wie der unsrige hat viele Beziehungen. Es gibt keinen Typen in einer wichtigen Position, der nicht hofft, irgendwann bei uns seine Memoiren zu veröffentlichen, denn wir bezahlen am besten und verkaufen am besten. Soeben habe ich die *Autobiographie des General Franco* eingekauft.«

»Von Franco selbst?«

»Nein, von einem roten, einem knallroten Schriftsteller: Ich habe ihm einen Scheck auf den Tisch gelegt – über welche Summe, sage ich Ihnen nicht –, und alle seine Vorurteile waren wie weggeblasen. Er wollte freie Hand bei der Bearbeitung des Themas, und die kann er haben, die Abzüge kommen dann später, vor dem zweiten Scheck.«

»Gibt es immer einen zweiten Scheck?«

»Das ist das beste System. Ein Scheck zum Einkaufen, ein zweiter zum Abschießen. Tut mir leid, aber Sie haben nichts, was Sie mir verkaufen könnten.«

Carvalho schwieg und hielt seinem Blick stand.

»Man verkauft nicht immer das, was man tut. Manchmal verkauft man etwas, was man nicht tut.«

Brando Jr. wiederholte den Satz im Geist und bedachte ihn mit einem interessierten Blick.

»Ich habe ein persönliches Berufsethos, Señor Brando. Hören Sie sich bei Leuten vom Fach um, auch unter den Polizisten; einige hassen mich, aber alle werden sagen, daß ich bis zum Schluß loyal zu meinem Klienten stehe, auch wenn ich diesen Klienten erbärmlich finde. Ist das der Fall, dann ist alles vorbei, sobald ich meinen Bericht abliefere und ihm zu verstehen gebe, daß ich ihn erbärmlich finde. Niemals gebe ich einen Fall auf. Es ist mein Beruf, das Geheimnis aufzuklären; danach habe ich kein Interesse daran, was die Sammler, Kastrierer oder Vampire von Geheimnissen mit dem Geheimnis anstellen ... Sie wissen schon, Klienten, Polizisten, Richter ... Das ist nicht mehr meine Aufgabe. Ich habe früher einmal Philosophie studiert und gelernt, daß es darauf ankommt, der Göttin einen Schleier nach dem anderen zu entreißen, und hinter dem letzten Schleier kommt die Wahrheit zum Vorschein. *Aletheia* nennt man diese Technik, glaube ich, es ist wohl gar keine Technik, sondern eher eine von vielen Arten zu glauben, es gebe noch geheimnisvolle Nackte.«

Die ganze Philosophie langweilte Brando, auch wenn sie griechisch war, aber er gab vor, aufmerksam zuzuhören. Er war ein wohlerzogener Junge, bis er in eisigem Ton sagte: »Stellen Sie hier bloß keine Romantheorie auf. Zur Sache, bitte!«

»Sie haben sich für Ihre Schwester eingesetzt. Logisch, daß Sie sie nicht nur herausgeholt haben, sondern auch wissen, warum sie dort war, oder wenigstens so viel wissen, wie die Polizei weiß, und möglicherweise hat man Sie sogar an den Erkenntnissen der politischen Führung der Polizei teilhaben lassen. Mich selbst wird es tagelange Arbeit kosten, das alles herauszufinden – schnüffeln, in der Scheiße rühren und Aspekte der Sache erkunden, die Ihren Vater nicht kümmern, weil es liebt, die Dinge stets beim Namen zu nennen ... Apropos, gehören Sie auch zu denen, die immer geradeheraus sind und die Dinge beim Namen nennen?«

»Ich kann Leute nicht ausstehen, die behaupten, sie hätten keine Angst, sich die Zunge zu verbrennen.«

Dieser Junge war nicht so schlimm, wie er schien, aber er konnte schlimm sein, wenn er es darauf anlegte. Er plusterte sich in seinem drehbaren Direktorensessel auf, legte die Fingerspitzen zusammen und führte sie zum Mund, während er den Kopf hin und her wiegte, als überlege er, durch welche Öffnung von Carvalho seine tödliche Kugel eindringen sollte.

»Wenn ich Ihnen ein paar Notizen zeige, die ich meinen guten Beziehungen zu den Behörden verdanke, garantieren Sie mir, daß Sie den Fall als abgeschlossen betrachten? Zum Scheck meines Vaters lege ich noch einen von mir dazu.«

»Der Ihres Vaters zum Einkaufen, der Ihre zum Abschießen.«

»Ich habe ein sterbendes Unternehmen in fünf Tagen wieder hochgebracht. Mein Vater hatte es in voller Fahrt geerbt und in den dümmsten Hafen gesteuert, den er finden konnte – ganz so, wie es zu ihm paßt. Ich kann kein Interesse daran haben, daß die Geschichten meiner Schwester den Ruf eines Verlagshauses mit Dreck bespritzen, das kurz vor dem Erhalt einer ausländischen Kapitaleinlage steht, die unsere gegenwärtigen Aktiva verdreifacht. Sie sehen, ich lasse Sie in meine Karten schauen, aber ich werde nicht zulassen, daß Sie damit spielen.«

»Ich kann Ihnen lediglich versprechen, daß ich die Arbeit, die Sie für mich erledigen, nicht selbst machen muß.«

»Ich werde Ihr Versprechen annehmen und einen Auftrag hinzufügen, gegen Bezahlung, selbstredend. Überwachen Sie meine Schwester und kümmern Sie sich darum, daß sie sich nicht in noch mehr Schwierigkeiten bringt als in jene, in die sie sich in der Vergangenheit gebracht hat!«

»Zuerst will ich diese Notizen lesen.«

Brando Jr. erhob sich und ging, als sei sein Anzug aus Seide. Er war aus Seide. Er bewegte sich gut und gestikulierte wie einer der jungen Sportler, die noch nie eine Zerrung oder einen Bänderriß hatten. Keiner wird je beurteilen können, was schön zu gehen heißt, ohne den Gang eines jungen Leichtathleten gesehen zu haben, der sich noch nicht durch irgendeine Dummheit ruiniert hat. Der schöne Gang führte ihn zu dem Regal aus Hölzern, die einem noch älteren Wald entstammten als der Rohstoff für den Schreibtisch seines Vaters, und aus einem Sekretär, dessen Schlüssel blitzschnell auftauchte und wieder verschwand, nahm er eine Mappe aus feinstem Leder, vielleicht aus Menschenhaut, und legte sie in Carvalhos Reichweite auf den Tisch. Als der Detektiv sich anschickte, sie aufzuschlagen, hatte der Yuppie die Würde eines flinken Zyklopen wiedergewonnen und erklärte: »Das hier ist kein Lesesaal!«

»Beatriz Brando Matasanz, ›Beba‹, minderjährig, wurde dreimal in den Seitenstraßen der Calle Arco del Teatro beobachtet, in der eindeutigen Absicht, sich Drogen zu beschaffen, vor allem Kokain, in Kleinmengen für den persönlichen Konsum, weshalb wir uns auf eine routinemäßige Überwachung beschränkten, um die Verbindungen zum Netz der Kleindealer zu kontrollieren. Ihr häufigster Lieferant ist Belisario Bird alias ›Palomo‹, honduranischer Staatsbürger, der mit dem Perla-Clan zusammenarbeitet und normalerweise in der Zone zwischen Calle Barberá, Calle San Olegario, Calle Arco del Teatro und Ramblas tätig ist. Als ›Palomo‹ auf Anweisung des Auftraggebers dieses Berichts verhört wurde, bestätigte er frühere Mitteilungen in dem Sinne, daß obengenannte Person in festen Abständen bei ihm kauft, will aber mit anderen Käufen nichts zu tun gehabt haben, die sie eventuell in der Umgebung der Plaza Real getätigt haben könnte, wo sie ebenfalls unter verdächtigen Umständen gesehen wurde, wenn auch weniger häufig als in der genannten Zone. Während der wenigen Stunden ihres Arrests wurde sie, aus naheliegenden Gründen, nicht in üblicher Weise unter Druck gesetzt, aber sie erklärte, niemals Drogen irgendwelcher Art gekauft und nur einmal, vor längerer Zeit, eine ›Tüte‹ (vulgärer Name der Marihuana-Zigarrette) geraucht zu haben, woraufhin ihr schlecht geworden sei. Auf den Vorhalt, es sei merkwürdig, daß eine Jugendliche ihres Alters in dieser verrufenen Gegend verkehre, gab sie an, sie sei zur Schriftstellerin berufen, seit sie in der dritten Klasse der Grundschule den Provinzpreis für Aufsätze bekommen habe, und müsse daher beobachten, wie die verschiedenen sozialen Klassen der Stadt lebten, und vor allem diejenigen, die ihr am interessantesten erschienen. Vor der Gefährlichkeit ihres Vorgehens gewarnt, führte sie das Beispiel der Polizei selbst an, die an gefährlichen Orten ihr Leben riskiere, aus

Gründen, die ebenso professionell seien wie die ihren. In einem entspannteren Gespräch mit der Inspektorin Vinuesa Cobos, der Beauftragten der Abteilung für Minderjährige, beharrte sie auf der Notwendigkeit, alle Winkel der Stadt kennenzulernen, und machte sogar den Vorschlag, sich der Brigade für Drogenbekämpfung anzuschließen, um aus nächster Nähe deren Arbeit kennenzulernen. Inspektorin Vinuesa Cobos schrieb daraufhin einen wohlwollenden Bericht, wenn auch unter Hinweis auf die Notwendigkeit, daß eine Person mit moralischer Autorität über ihren Umgang Bescheid wissen müsse, da ihre idealistischen Absichten geeignet seien, sie eventuell in wenig angenehme Situationen zu bringen, denen sie auf Grund ihrer Jugend nicht gewachsen sei. Das Urteil des Verfassers dieses Berichts wäre nicht so wohlwollend ausgefallen, da ihm bei mehr als einer Gelegenheit während des Verhörs der Verdacht kam, daß die Obengenannte im Gebrauch von Ausreden großes Geschick zeigt und wenig Skrupel hat, wenn es darum geht, Wahrheit und Lüge auseinanderzuhalten. Zur Erkenntnis dieser Eigenschaft gelangte er aufgrund seiner zahlreichen ähnlichen Erfahrungen und der Feststellung, daß die Jugend heutzutage besser auf das Lügen vorbereitet ist als in früheren Zeiten, ein Umstand, der – auch wenn es nicht zum Gegenstand dieses Berichts gehört – wohl der Menge an Falschheit zuzuschreiben sein mag, die unsere Jugend von frühester Kindheit an durch das Fernsehen und die dekadenten Schlager aufnimmt, die ihre Gehirne mit amoralischen Bildern bevölkern, was früher oder später Anlaß zu einem amoralischen Lebensentwurf geben wird. Aus all diesen Gründen, und weil sich der Unterzeichner in seiner Eigenschaft als Hüter der öffentlichen Ordnung und als Vater mitverantwortlich fühlt, schlage ich vor, daß der Rat der Inspektorin beherzigt wird und daß, wer dazu in der Lage ist, auch mit harter Hand eingreift, um zu schützen, was noch gesund ist und morgen schon verdorben sein könnte.«

Die Prosa der Polizei hatte sich seit den Zeiten, als Carvalho Gelegenheit gehabt hatte, ihre Berichte zu lesen, merklich gebessert; im Gegensatz dazu beklagte er bei seinen zahlreichen Zusammenstößen mit Contreras und anderen Polypen, daß ihre Sprache im persönlichen Umgang noch immer dieselbe war: Gaunerjargon und immer wieder von bedrohlichen Schweigepausen unterbrochen. Einmal mehr beschlich ihn der Gedanke an eine besondere kulturelle Heuchelei: Sich zum Schreiben hinzusetzen und dabei eine kommunikative Haltung einzunehmen war dem Verfasser des Berichts leichtgefallen; im mündlichen Auftritt indessen würde er niemals auf so lange Satzgefüge zurückgreifen, und die unter- oder beigeordneten Sätze würden nichts anderes bei- oder unterordnen als Knurren, angehaltenen Atem, Kraftausdrücke und explosive Ausrufe. Der Bericht führte ihn nirgendwohin, es sei denn zu Belisario Bird, einem kleinen Spitzel und Dealer, der dem, was die Polizei bereits wußte, kein Komma hinzufügen würde. Seit dem Tod von Bromuro erfuhr er nichts mehr über die Unterwelt der Stadt. Die ganzen Ratten gehörten zur neuen Generation, und Carvalho weigerte sich, neue Informanten zu suchen, als sei dies ein Akt posthumer Untreue nicht nur gegenüber dem Schuhputzer, sondern auch gegenüber sich selbst und einer Stadt, die in seiner Erinnerung verblaßte und in seinen Wünschen schon nicht mehr existierte. Eine Stadt, in der Mitleid lebensnotwendig war, stirbt, und eine Stadt wird geboren, in der nur noch die kürzeste Entfernung zwischen dem Sich-Kaufen-Lassen und dem Sich-Verkaufen einen Sinn haben wird.

Er war unfähig, das Altern seines Körpers zuzugeben oder dies als Grund zur Besorgnis zu akzeptieren; statt dessen erschreckte ihn das Altern seiner Erinnerung, als würde mit der fortschreitenden Entfernung von Gegenwart und Zukunft eine Reihe von Personen und Situationen zum Tode verurteilt, die auf ihn vertrauten, um unsterblich zu werden. Bei der Verwandlung seines Barcelona waltete ein gnadenloser Sadismus, der danach trachtete, sogar die Friedhöfe seiner Erinnerung – den letzten physischen Raum, den die Protagonisten seiner Erinnerungen bewohnen

konnten – zu zerstören. In seiner Sehnsucht nach Bromuro, dem Schuhputzer, der für ein paar Pesetas und für die
Geduld, mit der er sich seine Beschwörung der Zeit als
junger Caballero in Francos Legion angehört hatte, sein In-
formant gewesen war, spielte die Tatsache eine tragende
Rolle, daß der physische Raum, wo er den Alten stets getroffen hatte, noch existierte: Bars, Straßenecken und die
elende Pension, in der er gewohnt hatte und die heute vom
Abriß eines Teils des Barrio Chino bedroht war. Ab und zu
traf er ›Mohamed‹, laut Bromuro der bestinformierte Mann
des Barrio Chino. »In dieser Stadt setzt sich keiner einen
Schuß, den dieser Typ nicht kontrolliert.« Der kleine Mohr,
wie Bromuro ihn genannt hatte, hatte ihm zunächst mit
der Komplizenschaft eines Mannes zugegrinst, mit dem er
sich schon geprügelt hatte, wie um ihm zu versichern, daß
weitere Prügel folgen würden. Aber eines Tages hatte er
ihn mit seinem angespannten Grinsen eines Barbaren aus
dem Süden angesprochen: »Du brauchst mich, Dummkopf.
Der beste Freund des Jägers ist das Frettchen. Wenn ein
intelligenter Mensch nicht weiß, was er braucht, ist er kein
intelligenter Mensch, sondern ein Dummkopf.«

Schon wieder diese Syllogismen, die fast immer auf das
Wort Dummkopf hinausliefen. Carvalho hatte seine Schläge bekommen und sie ihm mit einigen vergolten, als er den
Fall der Morddrohung gegen den Mittelstürmer bearbeitet und gleichzeitig Bromuros Todeskampf miterlebt hatte.
Heute würde sich der ehemalige Schuhputzer und Caballero der Legion jedesmal in der Grabnische, die ihm Carvalho und Charo auf dem Montjuic-Friedhof gemietet hatten, umdrehen, wenn ›Mohamed‹ ihm seine Dienste anbot.

»Ich arbeite immer weniger. Ich möchte in Rente gehen.«

Der Maure schaute ihn von oben nach unten an und
wiegte den Kopf, als gefalle ihm gar nicht, was er da sah.

»Wenn du nicht nur ein Dummkopf bist, sondern dich
auch noch alt fühlst, dann ist es das beste, was dir passieren kann, daß dich der Sand der Wüste verschlingt.«

»Ich werde die nächste Gelegenheit nutzen.«

Trotzdem ging er, ohne sich dessen bewußt zu sein, durch die Straßen, wo er ›Mohamed‹ treffen konnte, dessen richtigen Namen er nicht kannte, und er fühlte sich betrogen, als er ihn nicht fand. War es klug, die Treue zu Bromuro so weit zu treiben, daß er nicht einmal die Dienste eines Ersatzinformanten in Anspruch nahm? Die Unterwelt hatte noch immer ihren Kodex, und was dort vor sich ging, glich den Vorgängen an der Oberfläche. Vor fünfzig Jahren hatten die Immigranten aus Murcia oder Andalusien die Straßen gefegt, heute taten das viele Nordafrikaner. Vor fünfzig Jahren hatten Ausgestoßene oder freiwillige Außenseiter die Unterwelt der Stadt kontrolliert, Leute wie Bromuro, im Tausch gegen ein mehr oder minder kleineres Elend, und jetzt ging dieses Amt auf die Barbaren aus dem Süden über, die Europa von unten nach oben einnahmen, so wie die Germanen von oben nach unten ins Römische Reich eingedrungen waren. Die Germanen hatten es zunächst mit Waffengewalt versucht, um dann, als sie die Unmöglichkeit dieses Unterfangens bemerkten, die Römer zu unterwandern und schließlich die Polizisten des Imperiums zu werden. Und schon gehörte es ihnen. Heute hatten sich die Barbaren aus dem Süden bereits des Mülls bemächtigt, und Carvalho sah in ihnen plötzlich ein Werkzeug der Gerechtigkeit gegen die ekelhafte Selbstgefälligkeit der Yuppie-Affen.

»Haben sich die kleinen Contrerasse wieder gemeldet, Biscuter?«

»Nein.«

»Charo?«

»Nein.«

»Brando?«

»Nein.«

»Und ...?«

»Nein.«

Er unterdrückte den Wunsch, auf die Suche nach Lebrun und Claire zu gehen, sowohl, um Contreras und seine Mannen nicht auf die Spur seiner Begierde zu setzen, als auch, um nicht die wenigen Wünsche zunichte zu machen, die er noch hatte. Als der Gang durchs Labyrinth beendet war, hatten Claire und ihr Grieche, Lebrun und sein Grieche das Ziel ihrer Nachforschungen, ihrer Reise erreicht, und wahrscheinlich waren sie abgereist und hatten ihm die Verpflichtung hinterlassen, andere Sucher von unentbehrlichen Wahrheiten zu begleiten. Je eher er wieder in seinen Zusammenhang fand, um so besser. Seine Knochen waren alle an ihrem Platz, Biscuter hatte wohl den Scheck von Lebrun bereits eingereicht, und die Rechnung für Brando Sr. würde ein Witz sein im Vergleich zu derjenigen, die er Brando Jr. stellen würde. Schließlich und endlich bedeutete der Auftrag, die Señorita Brando zu beschatten, einen Schritt nach oben auf der Karriereleiter: vom Hosenschlitzschnüffler zum Mösenschnüffler – für den Fall, daß der nackte Engel sich dem Versuch widmen sollte, das Zeug mit seinem selbstversunkensten Körperteil zu schnupfen.

Warum braucht Señorita Brando Drogen? Das klang wie der Titel eines Low-Budget-Films fürs Fernsehen, aber irgend etwas mußte Carvalho tun, um die Rechnungen zu rechtfertigen. Er postierte sich vor der Villa, deren Besitzer nicht reich genug oder die für einen Reichen nicht groß genug war. Der alte Brando hatte ihm mitgeteilt, Beba stehe spät und widerwillig auf, bleibe lange im Halbdunkel ihres Zimmers und höre Platten, die die Lungen der Lautsprecher beinahe zum Platzen brachten, so daß die Schallwellen ihrer privaten Rockkonzerte trotz der großzügig bemessenen Grünzone zwischen den Häusern die benachbarten Villen erreichten. Später, wenn es Abend werde, plündere Beba den Kühlschrank, kleide sich so sparsam, wie es die Jahreszeit erlaube, und eile aus dem Haus. Manchmal komme sie nach kurzer Zeit wieder, aber meist erst im Morgengrauen, wenn ihr Vater schon nicht mehr die Geduld besaß, auf sie zu warten und ihren Begleiter kennenzulernen, bevor er ihn, schon weniger überrascht, am Frühstückstisch traf, wo sie Toastbrot mit Haselnußmus verzehrte, ihr Lieblingsgericht. Nächstes Mal verlange ich zuerst einen detaillierten Tagesablauf der Person, die ich beschatten soll, brummte

Carvalho im Geist, als um zehn Uhr abends endlich die Haustür aufging und Beba eher auf die Straße sprang als ging – als hätte ihr jemand oder etwas den ganzen Tag lang diesen Wunsch verwehrt. Carvalho zündete, so schnell er konnte, seine Rey del Mundo an, der er bereits die Bauchbinde abgenommen hatte, und er mußte zu seinem Wagen rennen, damit Beba keinen allzu großen Vorsprung bekam. Sie fuhr einen Golf voller Aufkleber von Diskotheken und Hardrock-Bars, wo der Gast zwar weder eine Sitzgelegenheit noch ein »Guten Abend« bekam, dafür aber großzügig mit Aufklebern fürs Auto versorgt wurde. Beba fuhr zum Stadtteil Gràcia hinunter und parkte im ständigen Halteverbot, als würde es für sie nicht gelten. Ihr Gang war schön und wäre noch schöner gewesen, hätte sie gewußt, wie sehr es die Luft genoß, sich an ihren Körper, den Körper einer heranwachsenden Göttin, zu schmiegen. Carvalho versuchte, das Wort »Göttin« aus dem Gehirnspeicher für dringend benötigte Wörter zu löschen. Es schien ihm mit einem Mal wie ein Hilfsmittel von Alten oder Affektierten, die Anerkennung einer unüberbrückbaren, zwangsläufig unüberbrückbaren Distanz. Bebas langes kastanienbraunes Haar war voller Ringellocken, und ihre Haut war so schön, daß sie wie die Luxusverpackung ihrer selbst wirkte. Im Lokal grüßte sie und wurde gegrüßt, ging zur Theke, wo ein junger Mann sie erwartete, und sie küßten sich, als spielten sie die Schlußszene eines verheißungsvollen Films. Carvalho wußte nicht, wohin. Es gab noch andere in seinem Alter, aber so verkleidet, als seien sie zwanzig Jahre jünger. Er selbst dagegen trug an diesem Abend seine ehrlichste Biologie und einen Zweitagebart zur Schau. Er lehnte sich neben Beba an die Theke und fing einen beunruhigten Blick des Barkeepers auf, der ihm galt. Er wollte etwas Aggressives bestellen, um den Polizisteneindruck, den er erweckt hatte, zu tilgen, und verlangte einen doppelten Malt Whisky, Gran Reserva, ohne Eis. Der Verdacht des Barkeepers wuchs, aber Carvalho konnte damit leben, und als er den Whisky in zwei oder drei Zügen geleert hatte, begann er, das Lokal und seine Gäste mit einer Geringschätzung zu betrachten, wie sie Personen und Dingen gebührt, die uns nicht akzeptieren. Zum Beispiel dieser Idiot mit dem grüngefärbten Hahnenkamm, der schon, bevor Carvalho seine zerknautschte Rey del Mundo wieder angezündet hatte, vorauseilend den Rauch wegwedelte, und das hier in diesem Lokal, in dieser Atmosphäre von Joints und Brillantine, die das Haar der jungen Männer in Käfer verwandelte, die ihnen aufs Gehirn geklettert waren. So verging die Zeit, ohne daß etwas sein Interesse erregte, bis Beba um zwei Uhr morgens ihren Begleiter ohrfeigte. Carvalho straffte sich für den Fall, daß er eingreifen mußte, und in seinem Bauch glucksten zehn bis zwölf Malt Whiskys, Gran Reserva, ohne Eis. Die Ohrfeige wurde nicht erwidert. Der Mann spuckte auf den Boden vor ihren Schuhen und ließ sie auf der Tanzfläche stehen, wo sie weitertanzte, ohne dem Partnerverlust Bedeutung beizumessen. Als das Stück zu Ende war, ging Beba durchs Lokal, sah sich in schummrigen Ekken um und loste mögliche Partner aus, während Carvalho die Rechnung verlangte und einen Tausender als Trinkgeld dazulegte, was den Barmann erleichterte, denn noch nie hatte irgendein Polizist tausend Pesetas Trinkgeld gegeben.

»Sieht gut aus, der Käfer, nicht?«

Sosehr sich der dankbare Barkeeper auch anstrengte, er konnte im ganzen Lokal keinen Käfer entdecken. Als Carvalho auf die mit ihrer Suche beschäftigte Beba deutete, wurde ihm alles klar.

»Die Kleine da? Sehr gut. Aber sie hat sie nicht alle. Hält sich für ... ich weiß auch nicht, für was.«

Nein, er wußte es wirklich nicht, weshalb er verstummte und weiter bediente, nach dem geheimen Plan der besten Barkeeper. Beba hatte ein Mädchen mit Küßchen begrüßt und führte ein lebhaftes Gespräch mit ihm, das sie unvermittelt unterbrach, um an die Bar zurückzukehren. Carvalho bewegte sich wie ein Fußballspieler in Erwartung eines Balls, der mehr oder weniger bei ihm landen wird. Beba landete zwei Meter entfernt und bestellte ein alkoholfreies

Bier. Carvalho hatte die Flugbahn des Balls verfolgt und kam rechtzeitig, um sie anzusprechen.

»Harte Getränke, wie ich sehe.«

Beba sah ihn an und schien nicht begeistert von dem, was sie sah. Sie konnte ihn nach dem kurzen Auf und Zu ihrer Zimmertür unmöglich wiedererkennen. Carvalho war einfach nicht ihr Typ Erwachsener. Als er bereits nach einem weiteren lockeren Spruch suchte, war sie es, die ihn ansprach.

»Was trinken Sie?«

»Whisky. Wenn ich nicht weiß, was ich tun soll, und auch keine Lust habe, nichts zu tun, trinke ich Whisky.«

»Und wenn Sie wissen, was Sie tun sollen, und es auch tun wollen?«

»Wein.«

Beba verzog leicht angewidert das Gesicht. Es schien mehr ihr selbst als Carvalho zu gelten.

»Sie können sich gut verteidigen, wie ich gesehen habe. Sie haben Ihrem Begleiter eine saftige Ohrfeige verpaßt!«

»Ich mag keine egoistischen Menschen.«

»Ist er sehr egoistisch?«

»Er ist nur egoistisch. In seinem Personalausweis sollte als Beruf ›Egoist‹ stehen. Ich habe ihm gesagt, er soll sich mit mir die Bauarbeiten am Großen Lutscher anschauen, diese Antenne, die auf dem Tibidabo gebaut wird. Und er sagt einfach, er hat keine Lust.«

»Das hat er gesagt?«

»Jawohl.«

»Ein herzloser Kerl.«

Dieser Satz hatte ihr gefallen. Sie nickte mit Tränen in den Augen.

»Herzlos. Das stimmt genau. Er hat kein Herz.«

»Wenn es Sie so schmerzt, daß Sie den Lutscher nicht zu sehen bekommen, kann ich Sie hinbringen. Es ist ganz in der Nähe meines Hauses. Ich wohne in Vallvidrera.«

Beba legte ihm die Hand auf die Brust und schloß die Augen.

»Sie sind mir nichts schuldig. Dieses Schwein dagegen schuldet mir viele Gefallen.«

Ihr Sinn für Moral war schlicht, aber zuverlässig. Tauschhandel. Man konnte sich allzu leicht vorstellen, was sie diesem Egoisten gegeben hatte, so leicht, daß Carvalho dachte, er irre sich vielleicht.

»Obwohl dieser Junge so ein Kerl ist und so gut aussieht, hält er sich für schwul. Langweile ich Sie?«

Nein, nein, sie langweilte ihn nicht. Sie war von alkoholfreiem Bier betrunken, wahrscheinlich war sie den ganzen Tag berauscht, ohne Alkohol zu benötigen. Die Geschichte begann mit einer Bodybuildingshow des Egoisten und dem Ansatz einer Affäre, die im entscheidenden Moment scheiterte, weil sich bei dem egoistischen Bodybuilder nichts regte. Er trug den Komplex, sein Ding sei zu klein, würdelos mit sich herum, und bei Muskelshows hatte er ein Imitat zwischen den Beinen, damit der Lieblingsmuskel des Mannes und einiger Frauen im Vergleich zum Bizeps oder Trizeps nicht lächerlich wirkte ... Sie bat ihn dann, ihr sein Ding zu zeigen.

»Zeig ihn mir, Juan Carlos, sagte ich immer wieder ... Und er fing an zu weinen, dieser Baum von einem Mann heulte wie ein Kind. Er zeigte ihn mir, und ich lächelte ...«

Sie lächelte wieder, das Lächeln eines weiblichen, absolut weiblichen Engels. Und nachdem sie gelächelt hatte, war es, als erklinge in diesem harten Lokal für neue, harte Generationen anstatt der brustbeindurchbohrenden Musik eine ungarische Geige für ein Melodram bei Sonnenuntergang.

»Nein, nein, er ist nicht zu klein, Juan Carlos! Er ist ganz normal. Was zählt, ist nicht die Größe, sondern deine Leidenschaft und die Fähigkeit, deine Partnerin zu lieben!«

Das sagte sie mit der Stimme einer Siebzehnjährigen. Hätte sie es mit der Stimme einer Dreißig-, Vierzig- oder Fünfzigjährigen gesagt, hätte Carvalho bereits eine Falte des Lokals aufgesucht, um zu lachen oder sich zu übergeben, aber diese gläserne, von der frühen Morgenstunde etwas getrübte Stimme konnte erzählen, was sie wollte, und dabei Aufrichtigkeit vermitteln. Sie habe einmal einen Roman über den Bürgerkrieg gelesen, ja doch, über den spanischen Bürgerkrieg, der, der vor vielen, vielen Jahren stattgefunden habe, als die Russen Großvaters Verlag beschlagnahmt hatten, ja doch, die Russen persönlich, die waren damals überall. Der Roman erzählte die Geschichte einer Krankenschwester und eines Kriegsgefangenen, oder vielleicht war es auch kein Kriegsgefangener, sondern ein Kriegsversehrter, weil man immer, wenn in einem Kriegsroman eine Krankenschwester auftaucht, sofort den verletzten Soldaten suchen muß. Und der Gefangene war so traurig, so schwer verletzt, daß die Krankenschwester mit ihm Liebe machte, in einem Akt der Großherzigkeit.

»Oder in einer Gemeinschaft der Heiligen«, ergänzte Carvalho, und das Mädchen war verdutzt.

»Gemeinschaft der was?«

»Die Gemeinschaft der Heiligen, die Vergebung der Sünden, die Auferstehung des Leibes ... das Jüngste Gericht!«

»Gehörst du zu irgendeiner Sekte?«

»Sie haben versucht, mich in die katholische zu stecken, aber ich bin ausgetreten, als ich feststellte, daß dort fast alles verboten war, was mir gefiel.«

»Also, die Sekten ertrage ich nicht. Jetzt haben wir ein richtig tiefgehendes Gespräch, stimmt's? Heutzutage wimmelt es überall von Geiern. Mein Bruder. Mein Bruder ist ein Geier aus Edelstahl.«

Wie sich dieser Engel ausdrückte!

»Sind Ihre Eltern das auch?«

»Bei meinem Vater weiß ich noch nicht genau, zu welcher Art von Tier er gehört. Aber daß er ein Idiot ist, steht fest.«

»Und Ihre Mutter ... falls sie noch lebt?«

»Meine Mutter ist eine Athletin.«

Die töchterliche Liebe ließ sie eindeutig übertreiben, aber Carvalho nahm das Urteil über die Gymnastiklehrerin mit beinahe begeistertem Einverständnis hin.

»Sie macht Leichtathletik, nicht?«

»Mentalathletik.«

Sie wühlte in ihrer Tasche und holte ein Buch heraus. *Peter Pan.* James M. Barrie. Übersetzt von Leopoldo Maria Panero. Sie blätterte darin und wußte genau, was sie suchte. Während sie wie besessen die Seiten durchblätterte, erzählte sie von der besten Mutterdefinition, die sie gefunden habe. »Der Niemalsvogel. Eine Mutter ist wie der Niemalsvogel.« Endlich hatte sie den Abschnitt gefunden und zeigte ihn Carvalho mit strahlender Miene.

»Hier, lesen Sie! Ab hier ...«

Carvalho sah sich nach allen Seiten um. Zum Glück hatte niemand den Vorfall bemerkt, und gut neunundneunzig Prozent der Gäste kümmerten sich um ihre eigenen Angelegenheiten, aber der Barmann ließ sie nicht aus den Augen, und diese Augen sprachen von einer boshaften Komplizenschaft. Hab ich's Ihnen nicht gesagt? Sie hat sie nicht alle. Also begann Carvalho *Peter Pan* zu lesen, genau an der Stelle, wo Captain Hook Wendy den Vorschlag unterbreitet, ihrer aller Mutter zu werden, weil er gerührt ist vom Beispiel des Niemalsvogels, der nicht aufhört, seine im Wasser treibende Brut zu beschützen. Carvalho nickte, als sei er vollkommen überzeugt, aber er fühlte sich emotional erschöpft und erbot sich, sie zu begleiten.

»Zu mir nach Hause?«

Er stellte sich Brandos Gesicht vor, wenn er ihm am nächsten Morgen im Anrichtezimmer bei Toast mit Haselnußmus begegnen würde.

»Nein. Bis zu Ihrem Auto. Falls das Muskelpaket ...«

Sie sagte nicht nein. Sie ging voraus, und der Barkeeper nutzte die Gelegenheit, um sich über die Theke zu beugen und zu fragen:

»*Peter Pan?* Sie hat Ihnen ein Buch gezeigt, das *Peter Pan* heißt, richtig?«

Er vergaß die Zeit, während er sich selbst und sie rechtfertigte. Als er auf die Straße hinaustrat, polterte der Golf bereits die Straße hinab und entführte Wendy.

Inspektor Contreras verlangte seinen Besuch in der Vía Laye-
tana. Die Leiche eines Mannes sei aufgetaucht, und der Inspektor sei darüber informiert, daß Carvalho vor einigen
Tagen nach diesem gesucht habe.

Und das stimmte.

Er hatte den Auftrag erhalten, ihn zu finden. Tot oder
lebendig.

Jedesmal, wenn Contreras das Bedürfnis verspürte, einem Privatdetektiv ins Gedächtnis zu rufen, daß er nichts
weiter als ein Hosenschlitzschnüffler sei, wählte er Carvalho aus – vielleicht, weil er ihn für den hochnäsigsten
aller Schnüffler hielt, der Contreras die gleiche Menge an
Verachtung entgegenbrachte wie er Carvalho. Was Carvalho betraf, so war Contreras für ihn ein Polizist wie jeder
andere, ein Repressionsexperte auf der Gehaltsliste derjenigen, die am meisten von der Unterdrückung profitier-
ten. Er gab zu, daß dieses theoretische Prinzip ein Erbe
seiner anarchistischen Pubertät war, seiner prä- oder post-
marxistischen Jugendzeit, und daß es utopisch, ja sogar
gefährlich war, von einer Welt ohne Polizei zu träumen.
Aber wir alle haben das Recht, einen Teil unserer eigenen
Rhetorik zu bewahren. Außerdem hatte ihm der Umgang
mit Contreras erlaubt, seine grundlegenden Prinzipien mit
konkreten Argumenten zu untermauern. Diese erneute
Begegnung war keine Ausnahme. Man ließ Carvalho anderthalb Stunden wartend im Flur herumsitzen, ab und zu
bedacht mit einem Gaunerblick aus den Augen eines jungen Adepten des Kommissars, manchmal auch mit einem
Pfiff, der eine Kompletterklärung der wenig freundschaftli-
chen Prinzipien seines Berufsstandes enthielt. Schließlich
wurde er ins Büro des Inspektors geführt, der kaum den
Kopf hob, hoch genug jedoch, um ihm einen Blick verdros-
sener Verachtung zuzuwerfen. Der Kommissar schien sehr
mit seinen Papieren beschäftigt und tauchte erst aus seiner

Konzentration auf, als Carvalho sich unaufgefordert setzte. Er sandte einen Blitzstrahl aus seinen Augen, dem es aber nicht gelang, ihn zu zerschmettern. Carvalho grinste freundlich in Erwartung der zornigen Rede, die die Augen des Polizisten verhießen. Um sie aufzuschieben, richtete er seinen Blick auf alles, was sich in diesem Büro bewegte oder herumlag, und plötzlich war da seine Taschenlampe, alleine, als wolle sie ihm mit voller Absicht ihre Gegenwart aufdrängen und sagen: »Hier bin ich! Ich bin's! Erkennst du mich nicht?« Da lag sie mit ihrem gerillten Tubus, von dem bereits an einigen Stellen die schwarze Farbe abgesprungen war, mit ihrem dioptrienstarken Auge, von verglastem Silber, in Erwartung der Beseelung durch das Licht, und übertrieb ihre Heldentaten in Carvalhos Händen und die guten Dienste, die sie ihm in der Vergangenheit geleistet hatte, um seine Eigenschaft als Privatdetektiv zu bestätigen. Vergebens versuchte Carvalho, sie abzuwimmeln, ihre Verdienste zu bagatellisieren oder sie mit dem Schicksal zu versöhnen, daß sie als Indizienbeweis in der Hand von Contreras und später wahrscheinlich in der des Richters enden würde. Er versuchte sie sogar zu ignorieren, damit Contreras nichts von ihrem Zwiegespräch bemerkte.

»Woher kannten Sie Alekos Farandouris?«

Aber die Taschenlampe lag da, und er fühlte ihr Volumen und ihre Riefen, sogar die Wärme ihres Lichts in seiner Hand, als leuchte er mit ihr immer noch durch das Labyrinth, das zu Alekos Farandouris führte. Contreras bestand auf seiner Frage, und nach seinem Ton zu urteilen, verfügte er über so weitgehende Informationen, daß sich Carvalho nicht dumm stellen und so tun konnte, als höre er den Namen des Griechen zum erstenmal. Und wenn er versuchte, sich der Taschenlampe zu bemächtigen? Auf keinen Fall würde man sie mit ihm in Verbindung bringen, aber wenn er zugab, in diesem Fall ermittelt zu haben, konnte er sie zurückfordern und sagen: Diese Taschenlampe gehört mir. Wenn der Richter sie jedoch zum Beweismittel erklärte, würden mehrere Monate vergehen, bis er sie bekam, und was die Leuchte von ihm verlangte, war eindeutig: sie so schnell wie möglich zu retten. Welche Person oder welcher Gegenstand möchte auch gerne längere Zeit in einem Polizeibüro verbringen? Nicht einmal ein Polizist. Contreras runzelte bereits die Stirn. Er erhob sich schon und machte einen kleinen Spaziergang, ohne dabei Carvalho aus seinen argwöhnischen Augen zu lassen. Endlich blieb er stehen, wandte sich ihm zu und holte Luft. Die Taschenlampe riet ihm: Laß dich nicht von Worten aufhalten und auch nicht von der Situation! Hol mich hier raus! Bitte, bitte, hol mich hier raus!

»Woher kannten Sie Alekos Farandouris?«

Das »Sie« zeigte an, daß Contreras zunächst bemüht war, sich zu beherrschen, eine Anstrengung, für die Carvalho dankbar sein mußte. Deshalb gab er vor, jeden geistigen Widerstand aufzugeben, und antwortete in entspanntem Ton:

»Ich habe ihn nie kennengelernt.«

Contreras seufzte und schien die gegenteilige Wahrheit in einem wichtigen Papier zu finden, das er nun vor Carvalho schwenkte.

»Ich glaube, darin sind wir uns nicht mehr einig. Hier steht, daß Sie Alekos Farandouris gesucht haben wie ein Verrückter, so als gehe es um Ihr Leben. Sie waren nicht allein, aber als ich die Beschreibung der Bande bekam, sagte ich mir sofort: Sieh einer an, das ist Carvalho! Und dann stellt sich heraus, daß Alekos Farandouris wenige Stunden nach der Suchaktion des Herrn Carvalho tot aufgefunden wird, gestorben an einer Überdosis Rauschgift, die auch ein Pferd umgebracht hätte, und nun sehe ich mich, wie Sie mit Ihrer natürlichen Gerissenheit sofort begreifen werden, zu der Frage verpflichtet: Warum haben Sie so eifrig nach dieser Leiche gesucht?«

Carvalho räusperte sich und träufelte harmloseste Unschuld in seine Augen.

»Ich kann Ihnen nur sagen, daß sich Señor Farandouris, als ich ihn am frühen Donnerstagmorgen verließ, ausgezeichnetster Gesundheit erfreute. Er sah aus, als liege er im Sterben.«

»Sie haben mir immer noch nicht verraten, warum Sie so großes Interesse daran hatten, diesen Kadaver aufzufinden.«

»Wenn Sie die Frage auf sich beruhen lassen, Contreras, singe ich ein Loblied auf Ihre Intelligenz. Denken Sie nach! Welches Interesse könnte ich daran haben, einen sterbenden Griechen zu finden?«

»Sie sind natürlich ein Söldner, und darauf will ich hinaus. Wer war daran interessiert, diesen Griechen zu finden?«

»Seine Angehörigen. Sie sind von Frankreich aus mit mir in Verbindung getreten. Sie waren beunruhigt über sein Verschwinden und setzten mich auf seine Spur. Sie waren sicher, daß er sich in Barcelona aufhält, und wandten sich an mich, weil mein Ruhm über alle Grenzen gedrungen ist.«

»Gratuliere!«

»Logischerweise mußte man einen Künstler bei anderen Künstlern suchen, und Ihnen kann ich ja sagen, daß es relativ leicht war, obwohl ich meinen Klienten, um die Rechnung zu rechtfertigen, berichten werde, es sei äußerst schwierig gewesen.«

»Verstehe, verstehe. Heute lacht das Glück Ihnen, morgen mir.«

»Das ist alles. Ich habe Farandouris in einer verlassenen Lagerhalle in Pueblo Nuevo aufgesucht, wo mich die Angaben von Personen, die ihn kannten, hingeführt hatten. Es ging ihm sehr schlecht. Ich würde sagen, er lag im Sterben, auch wenn er es selbst nicht wußte oder vielleicht auch nicht wissen wollte.«

»Und Sie ließen ihn dort liegen.«

»Er ließ sich nicht transportieren.«

»Waren Sie allein?«

»Nein.«

»Haben Sie vor, mir zu sagen, wer dabei war?«

»Nein. Ich glaube auch nicht, daß ich Ihnen irgend etwas erzählen könnte, was Sie nicht sowieso schon wissen oder wissen wollen. Es fällt unter mein Berufsgeheimnis, und ich übernehme die volle Verantwortung dafür, wenn ich sage: Wenn Farandouris noch nicht tot war, als ich ihn fand, so fehlte jedenfalls nicht viel. Er sah todkrank aus.«

»Das war er tatsächlich.«

»AIDS?«

»Genau. Gut diagnostiziert. Sie haben ein klinisches Auge!«

»Er sah aus, als leide er an einer Modekrankheit.«

»Seit er vor acht Monaten nach Barcelona kam – acht Monate, Carvalho! –, war er dreimal im Krankenhaus, und das letzte Mal verschwand er, ohne ein Wort zu sagen. Er war unheilbar krank und verschwand einfach. Jetzt taucht er wieder auf, tot. Und zwar nicht in einer Lagerhalle, Señor Carvalho, sondern am Strand.«

»Steckte die Nadel noch?«

Contreras antwortete nicht sofort. Er studierte sozusagen den Grund der Frage oder das Interesse, das Carvalho an der Antwort zeigte. Es war nicht allzu groß. Er schien eher an den Gegenständen interessiert, die sich auf dem Tisch stapelten.

»Selbstverständlich.«

»Gut. Dann ist der Fall doch abgeschlossen. Er ist nicht der erste ausländische Obdachlose, der sich eine Überdosis verpaßt, um ein für allemal Schluß zu machen.«

»Nein, er ist nicht der erste. Aber nach diesem hier wurde gesucht, und außerdem sind Sie die einzige Person, die uns zu seinen Angehörigen führen kann, für den Fall, daß diese die Leiche abholen und ihr ein christliches Begräbnis gönnen möchten.«

»Ich werde versuchen, mich mit meinen Klienten in Verbindung zu setzen.«

»Wir haben einen Paß bei ihm gefunden, in dem die Anschrift eines Pariser Hotels vermerkt ist, aber kein Familienwohnsitz. Ein ziemlich neuer Paß. Und das Merkwürdige ist, daß er in diesem Hotel kaum so lange gewohnt hat, wie er brauchte, um den Paß zu bekommen, so als wolle er seine Spuren verwischen.«

»War er aktenkundig?«

»Wir haben noch keinen Bericht, aber er scheint sauber. Wenn nicht, wäre der Bericht schon hier.«

»Hätten Sie etwas dagegen, mich einen Blick auf den Paß werfen zu lassen? Wegen des Fotos. Um zu sehen, ob wir überhaupt von demselben Mann sprechen.«

Contreras zuckte die Achseln und warf den Paß auf den Tisch. Carvalho erhob sich und lehnte sich gegen die Tischplatte voller Papiere und Aktenordner, wo auch die Taschenlampe lag. Er nahm den Paß, schlug ihn auf der Bildseite auf und hob ihn in Augenhöhe, als habe er Sehprobleme. Contreras schien während dieser Aktion nicht achtzugeben. Unvermittelt machte Carvalho seiner Unzufriedenheit über die schlechten Sehmöglichkeiten Luft und beugte sich abrupt über den Tisch, um den Ausweis unter den Lichtkegel der Schreibtischlampe zu halten. Dabei schickte sein linker Ellbogen eine Lawine von Papieren und Aktenmappen und auch die Taschenlampe zu Boden.

»Verdammt! Es tut mir leid, Kommissar!«

Contreras gehörte zu der Sorte von Ehemännern, die wütend werden, wenn ihre Frau beim Abwaschen ein Glas zerbricht, und zu der Sorte von Vätern, die ihrem Kind ein Ultimatum entgegenschleudern können, wenn es unbedacht die Schale mit der Milch umgeworfen hat. Solche Mißgeschicke störten ihn sehr, und er bedachte Carvalho mit einem vernichtenden Blick, während er gleichzeitig die sofortige Wiedergutmachung seiner Ungeschicklichkeit einforderte.

»Das fehlte gerade noch, daß Sie die Unordnung in diesem Büro vergrößern!«

Entschuldigungen murmelnd, ging Carvalho in die Hokke und griff, hinter dem Tisch verschanzt, entschlossen nach der Taschenlampe, steckte sie in seine Jackentasche und sammelte dann gemächlich die Akten ein, die er eine nach der anderen auf den Schreibtisch legte, um sie von Contreras anerkennen zu lassen. Er nickte bei jeder, ohne seine Stirn zu entrunzeln.

»Ist das alles?«

»Jawohl«, log Carvalho, am Boden kniend, und umklammerte die Taschenlampe in der Jackentasche für den Fall, daß Contreras ihre Herausgabe verlangen sollte. Dieser aber schien bereits mit der Rückgabe seiner Papiere zufriedengestellt und beachtete Carvalho kaum, als der wieder vor ihm stand.

»Vielen Dank für Ihr Vertrauen, Kommissar, aber mich erwarten dringende Verpflichtungen, so daß ich nicht länger in Ihrer geschätzten Gesellschaft verweilen kann.«

»Geben Sie mir die Adresse dieser Angehörigen, Ihrer Klienten!«

»Sie werden verstehen, daß ich zuvor mit ihnen sprechen muß. Ich kann nicht nach Gutdünken eine Information weitergeben, garantiere Ihnen jedoch, daß Sie bald von mir hören werden.«

»Ich werde besser über Sie Bescheid wissen als Sie selbst, weil Sie mir allmählich auf den Sack gehen mit Ihrer beschissenen Zuhältertour!«

Endlich hatte er die Bestie herausgelassen. Nichts deutete darauf hin, daß er Carvalho daran hindern würde zu gehen, wohl aber, daß sich Contreras von jetzt an an Carvalhos Fersen heften und seinen Hosenlatz beschnüffeln würde. Daher schlug der Detektiv, als er wieder auf der Straße stand, keine bestimmte Richtung ein, sondern schlenderte über die Moll de la Fusta, die Hand an der dankbaren Taschenlampe und den Blick auf die Garnele von Mariscal gerichtet, die gar keine Garnele war, sondern ein zu Späßen aufgelegter Hummer. Von einer Telefonzelle aus rief er im *Palace* an. Weder Monsieur Lebrun noch Mademoiselle Delmas seien noch Gäste des Hotels. Sie hätten am Vortag ihre Rechnung beglichen und seien mit unbekanntem Ziel abgereist. Er stellte sich vor, wie Georges Lebrun die Lösung des Falles eingefädelt hatte. Zeit und Raum gewinnen war keine schlechte Idee gewesen, aber da war immer noch Carvalho, und sie hatten entweder allzusehr auf seinen Respekt vor dem Berufsgeheimnis gebaut oder ihn gratis in ihr Spiel einbezogen, eventuell sogar gedacht, sie könnten ihn gezielt irreführen. Was Carvalho betraf, so beschränkte er sich darauf, wegen Claire zu leiden und zu versuchen, Contreras zuvorzukommen.

Wieder schlenderte er durch die Straßen, brachte Zeit und Raum zwischen diese und die nächste Telefonzelle und rief diesmal das Olympische Büro, also Oberst Parra, an. Er habe eine Besprechung, eine äußerst wichtige Besprechung, betonte die Sekretärin. Mit dem Bürgermeister, sagte sie schließlich, als Carvalho hartnäckig blieb.

»Der Bürgermeister ist noch fast ein Jahr im Amt, Señorita. Bei meiner Sache hingegen geht es um Leben und Tod!«

Endlich kam der Oberst a. D. Parra aufgeregt und entsprechend verärgert an den Apparat.

»Ich muß wissen, ob der Franzose, von dem ich dir erzählt habe, der von ORTF, Georges Lebrun, noch in Barcelona ist oder ob eure Verhandlungen schon abgeschlossen sind.«

»Mehr willst du nicht?«

»Das reicht, glaub mir!«

»Und deshalb holst du mich aus einer Sitzung mit dem Herrn Bürgermeister?«

»Pascual kennst du schon dein ganzes Leben lang.«

»Mach jetzt keine Witze!«

»Es geht um Leben und Tod, Oberst! Das ist mein Ernst.«

Parra räusperte sich, entwaffnet durch die Anrede, die eines der besten Stücke seiner eigenen Vergangenheit wiederbelebte, und telegraphierte die Information:

»Georges Lebrun ist tatsächlich immer noch in Barcelona, denn er hat mir für morgen einen Termin bestätigt.«

»Hat er eine Adresse hinterlassen?«

»Nein. Wir sind um halb elf verabredet. Das ist alles.«

Damit legte er auf. Undank ist der Welten Lohn. Früher hatten Stunden nie ausgereicht, wenn es um die Akkumulation des Kapitals gegangen war oder um den Umschlag von Quantität oder Qualität nach dem Schema des dialektischen Materialismus. Oder um Franco. Um Lumumba.

Und um die Hurenmutter, die sie alle geboren hatte. Jetzt regte er sich auf, weil Carvalho als Störgeräusch in sein Gespräch mit dem hochverehrten Herrn Bürgermeister hineinfunkte. Aber Carvalhos geistige Schmerzen waren weit dringlicher, beispielsweise der Schmerz, den ihm sein Bedürfnis verursachte, Claire zu beschützen, sie vor Contreras zu finden – und um zu ihr zu gelangen, hatte er nichts als den Hinweis auf Lebrun und den weit entfernten, zu weit entfernten Zeitpunkt des Termins am nächsten Tag.

Biscuter erwartete ihn mit einem Bocadillo mit gebratenem Fisch auf frischem Tomatenpüree, Auberginen und Paprikaschoten. Es war ein *Bocadillo Señora Paca*, den Carvalho zu Ehren seiner Großmutter perfektioniert hatte. Zusammen mit dem Bocadillo kam der Einkaufsvorschlag.

»Ich habe da ein verdammt gutes Rezept, Chef! Ein *tumbet a la mallorquina*, dazu geschmorte Haxe in Kräutersoße. Ein Diätgericht! Wenig Kalorien.«

»Wo würdest du einen schrägen Typen suchen, der von einem schönen jungen Griechen begleitet wird, vielleicht auch noch von einer Frau, die zerstreut ist, nein, die die Zerstreute spielt?«

»Was für eine Frage, Chef! Haben der schräge Typ und der Junge was miteinander?«

»Ich weiß es nicht. Er ist zu schräg.«

»Suchen Sie in der Stricherszene! Aber das hat noch viel Zeit. Die kommen wie die Schnecken aus ihrem Häuschen, aber erst, wenn es Nacht wird. Und was machen Sie mit Señor Brando? Er ruft unaufhörlich an.«

Señor Brando und seine Ex, der Ex-Sportler, der Sohn, die Tochter, die Mutter ... Er dachte über eine Ausrede für Biscuter nach, verstand sie aber so, als sei sie für ihn selbst.

»Ich weiß nicht, wie ich in dieser Angelegenheit für meine Handlungen einstehen soll, Biscuter. Ich habe alle denkbaren Dummheiten begangen.«

»Sie haben eine schlechte Zeit durchgemacht, Chef.«

»Es sieht nicht aus, als würde es so bald besser. Hättest du nicht Lust, für ein paar Tage die Schürze auszuziehen und zur Lupe zu greifen?«

Er war gegenüber Beba in die schlechteste aller strategischen Positionen geraten. Wenn er sie offen beschattete, würde sie ihn wiedererkennen, und wenn er mit ihr sprach, würde er eine Beziehung fortsetzen, die weniger ins Genre der Verführung Minderjähriger gehörte als in das der Verführung Erwachsener. Wenn er aber angesichts seiner eigenen Verderbtheit versuchte, sie für zwei oder drei Tage aus der Entfernung zu beobachten, so besaß diese heranwachsende Göttin noch immer Flügel und ihren zerstreuten Geist, der sie von Norden nach Süden führte, vom Land ins Wasser, von der Luft ins Feuer, weil sie ja alles anziehend und langweilig zugleich fand. Biscuter war gerührt, als Carvalho sagte, daß er ihn für etwas anderes brauchte, als ihm das Essen zuzubereiten, Anrufe zu beantworten und sich bei ihm zu beklagen, daß er ihn nicht, wie versprochen, nach Paris geschickt hatte, um einen Kurs zur *haute cuisine* zu besuchen, den ersten Kurs, der sich nur um die Zubereitung von Suppen drehte, nichts anderes als Suppen.

»Folge ihr, Biscuter! Aber paß auf, wenn sie ins Barrio Chino geht, du verstehst schon, was ich meine: Wenn's eine Razzia gibt, bist du mit deinem Gesicht gleich fällig!«

»Fangen wir jetzt an, uns zu beleidigen, Chef?«

»Ich will sagen, wenn dich ein Bulle sieht, steckt er dich sofort in den Bau. Du siehst aus, als hättest du nicht mal einen Pflichtverteidiger.«

»Sie haben ja eine Laune heute, Chef! Ich werde meinen Sonntagsanzug tragen.«

Um so schlimmer, dachte Carvalho und stellte sich den häßlichen Zwerg im Sonntagsstaat vor. Er sagte aber nichts, um nicht wieder in Geringschätzung zu verfallen. Wenn die Familie Brando unter Biscuters Obhut stand, konnte er wieder seiner Claire-Besessenheit frönen.

»Chef, Sie müssen mir etwas für meine Spesen geben! Wenn man jemanden beschattet, muß man ständig Trinkgelder verteilen und etwas trinken, zur Tarnung. Manchmal muß man in Buchhandlungen gehen und sogar Bücher oder Zeitschriften kaufen. Das nehme ich nicht von dem Geld, das Sie mir für Einkäufe und Bürobedarf geben.«

»Paß auf mit den Büchern, die du kaufst, Biscuter!«

»Alle reden von einem Buch, von einem Schriftsteller namens Terenci Moix. Es heißt *Die Last der Handarbeit*.«

»Welche Art Handarbeit meint er?«

»Die anstrengende und die lustvolle.«

»Das fehlt dir gerade noch, ein Buch über Handarbeit! Wer ist dieser Terenci?«

»Ein Typ wie Victor Mature, aber in klein und grimmiger. Erinnern Sie sich nicht mehr an Victor Mature?«

Um Biscuter die zusätzlichen fünftausend Pesetas zu geben, drang er in dessen privates Kabuff vor und überraschte ihn dabei, wie er Deodorant in zwei kleine Achselhöhlen verteilte, in denen die Kugel des Deorollers kaum Platz fand. Biscuter steckte das Deodorant hastig weg, verärgert über Carvalhos Eindringen. Er hatte auch schon Brillantine auf den blonden Haaren an den Schläfenbeinen, die an eine Vegetation erinnerten, die Opfer einer Umwelttragödie geworden war. Seine beiden Schulterblätter schienen vom Körper gelöst wie zwei knöcherne Flügelchen, gehalten von einem ärmellosen Unterhemd, das alt, aber blitzsauber war. Biscuter hatte Schultern wie ein Schwindsüchtiger der vierziger Jahre oder einer, der an Rippenfellentzündung litt. Gab es diese Krankheit überhaupt noch?

»Zieh dich warm an, Biscuter!«

Er ließ den häßlichen Zwerg verwirrt zurück, denn es war ein besonders warmer Herbst, und ging zur Straße hinunter, wobei er den Urheber des Ausspruchs beschimpfte, es sei der beste Plan, keinen Plan zu haben. Er drehte mehrere Runden durch das Barrio Chino und verschwand, sooft er konnte, in Passagen und Gäßchen, für den Fall, daß ihm einer der Jungs von Contreras folgte. Aber er konnte nicht so viel Zeit vertrödeln. Er fuhr zum *Palace* in einem Taxi, das er mehrmals die Richtung ändern ließ. Als er schließlich dort angekommen war, bestätigte ihm der Empfangschef, was er ihm bereits am Telefon mitgeteilt hatte.

»Sind sie zusammen abgefahren?«

»Zusammen und mit allen Koffern. Es war eine überstürzte Entscheidung, sie hatten das Zimmer ursprünglich für vierzehn Tage reserviert.«

»Haben sie dasselbe Taxi genommen? Welches Ziel haben sie angegeben?«

»Sprechen Sie mit dem Portier!«

Sie seien beide im selben Taxi abgefahren, und die Abfahrt habe nach Flughafen ausgesehen. Auch wenn sie das nicht gesagt hätten.

»Ich sehe sofort, ob jemand zum Flughafen will oder anderswohin. Ich weiß nicht, warum oder wie. Aber es ist eine bestimmte Art, das Gepäck anzusehen oder ins Taxi zu steigen.«

»War es einer der festen Taxifahrer des Hotels?«

»Wir haben keine festen Fahrer. Aber ich kenne ihn. Er ist manchmal hier in der Gegend und stellt sich dann in die Taxischlange an der Kreuzung Gran Vía und Rambla de Catalunya. Er heißt Lorenzo, aber manchmal fährt auch sein Neffe, weil er auch mit dem Lieferwagen die Zeitung ausfährt.«

»Welche Zeitung?«

»*Avui*, glaube ich, diese katalanische Tageszeitung.«

Eine unsichtbare Uhr in seinem Gehirn zeigte ihm an, daß es Essenszeit war, nachdem er soeben zu dem Schluß gekommen war, daß Lorenzo gestern Taxi gefahren war und keine Zeitungen verteilt hatte. Das hatte sein Neffe getan, und niemand wußte oder wollte ihm sagen, wo dieser wohnte. Immerhin entdeckte er den Lieferwagen, der vor einem kleinen Geschäft in der Calle Parlamento geparkt war, aber Lieferwagen sprechen nicht, und die Steuerplakette war in keinem Fenster zu entdecken. Er hatte keine Zeit, zum Büro zurückzukehren und Biscuters Menü zu kosten, daher blieb er in der Gegend und aß verschiedene Tapas, wobei er die deprimierende Feststellung machte, daß die Tapas nicht mehr so gut waren wie früher, aber vielleicht war er selbst auch anspruchsvoller geworden. Die Schläfrigkeit nach Tisch holte ihn ein, als er ohne Orientierung mitten auf dem Gehweg des Paralelo stand. Vielleicht würde er, wenn er sich von seinem pubertären Impuls leiten ließ und die Ramblas bis zu ihrem Ende am Hafen hinunterging, die erträumte Frau finden, die dort auf ihn wartete, seit er begonnen hatte, von Frauen zu träumen. Aber er erlaubte es sich nicht, seinen Gefühlen nachzugeben, und kehrte zum *Palace* zurück wie einer, der zum Ausgangspunkt seiner Irrwege zurückkehrt, um nachzusehen, ob nicht ein verborgener Weg von dort aus weiterführt.

»Lorenzo war hier«, verkündete der Portier knapp, ohne dabei Carvalhos Hände aus den Augen zu lassen, die zur Brieftasche griffen, und die Finger, die sich nicht zwischen einem Fünfhunderter und einem Tausender entscheiden konnten.

»Ich habe ihm von der Sache erzählt, und er konnte mir etwas sagen.«

Carvalhos Finger entschieden sich für den Tausender.

»Er hat sie zum Flughafen gebracht.«

»Alle beide?«

»Ja, alle beide. Es war seine erste Fahrt am frühen Morgen, am Donnerstag. Sie wirkten sehr müde, und sie war ganz fertig, sehr niedergeschlagen.«

»Und ist es sicher, daß er sie zum Flughafen gebracht hat?«

»Ganz sicher.«

Aber Lebrun war nicht abgereist. Was hatte er mit Mitja gemacht? Außerdem hatte er einen Termin mit Oberst Parra im Olympischen Büro, morgen um halb elf. Entweder war es ein Täuschungsmanöver für alle beide oder nur die Tarnung von Claires Flucht. Und Dimitrios? Carvalho ahnte, daß die Polizei nicht allzu eifrig an der Lösung des Falles arbeiten würde. Der beste fixende Ausländer ist ein toter Ausländer, aber er selbst mußte eine schlüssige Antwort auf die Frage nach dem Weg von Alekos' Körper geben. Er erinnerte sich, wie Claire und Georges im Moment des Wiedersehens die beiden Männer unter sich aufgeteilt hatten.

»Alekos«, sagte sie.

»Mitja«, sagte er.

Und Mitja nahm nicht an dieser Expedition teil, es sei denn, er hätte die beiden im Flugzeug erwartet. Carvalho unterdrückte seinen anfänglichen Impuls, zum Flughafen nach El Prat zu fahren und zu überprüfen, welche Personen am Donnerstagvormittag nach Paris geflogen waren. Contreras hätte in kürzester Zeit davon erfahren. Als die Reisebüros am Nachmittag öffneten, genügte ihm ein Gang zur Zentrale von Air France, um in ihm eine komplexe Mischung aus Erleichterung und Angst hervorzurufen. Claire Delmas war Passagierin des ersten Fluges am Donnerstag nach Paris. Nicht aber Lebrun. Und kein Mensch, der sich an Mitja erinnerte. Wenn sie nicht einen anderen Weg eingeschlagen hatten, waren Lebrun und Mitja noch in Barcelona und hatten lediglich die Frau über die rettende Linie gebracht. Er ließ die Stunden verstreichen wie Hindernisse, die seiner Ungeduld im Weg standen. Er brauchte die Dunkelheit, um seine Suche nach Lebrun zu beginnen, um eine zufällige Begegnung und die endgültige Klärung herbeizuführen. Außerdem wollte er dem vorgesehenen Termin am nächsten Tag und dem unvermeidlichen Anruf von Contreras zuvorkommen, dessen neue Informationen Claire gefährlich in den Vordergrund rücken würden. Lebrun war nicht der Mann, der in seiner Höhle blieb; er würde auf die Suche nach visuellen Zielen gehen, nach visuellem Blut, das er mit seinen reißzahnbwehrten Augen schlürfen konnte, und sobald das Tageslicht schwand und die nahende Hauptrolle der Nacht ankündigte, begann Carvalho die Lokale in Barcelonas Reich des Mehrdeutigen abzuklappern, in jenem Barcelona, das mehr Big Bens als den in London und auch mehr als zwei Geschlechter kannte. Die *lederones* mit ihren Lederjacken, ihre Jeans, ihre dichten Schnurrbärte und behaarten Kragenöffnungen, die ihre tiefe Männlichkeit in Lokalen wie *Chap*, *La*

Luna oder *El Ciervo* ausstellten, hatte er bald ebenso satt wie die roten Foulards, oder die klappernden und zur Schau getragenen Schlüsselbunde – das war doch alles die reinste anthropologische Ausgrabungsstätte der New Yorker Schwulenszene der siebziger Jahre. Nein. Lebrun hätte dieses Schauspiel nicht allzu lange ertragen. Es war bloße Reliquienverehrung.

Er ging zu den moderneren Schwulenlokalen wie *Strasse* oder *Grease*, voller Homosexueller, die aus der Art, sich zu kleiden, ein Abenteuer der Expressivität machten und dafür eine ganz persönliche eklektizistische Sprache fanden, die alle Künste umfaßte. Es war lebendige Architektur, von trägem Blut und weichen Knochen animierte Zeichnungen. Er bekam immer mehr Angst. Während er den Norden des mehrdeutigen Barcelona durchkämmte, konnte Lebrun im Süden sein, oder umgekehrt. Sie konnten die ganze Nacht die Himmelsrichtungen tauschen, und in der Zwischenzeit wuchs Claires Bedeutung auf dem Schreibtisch von Contreras immer mehr. Im *Divertidoh* überwogen biologisch ungleiche Paare: reife betuchte Paten, deren bildschöne Knaben mit Voyeuren um die vierzig flirteten, die ihre geheimen Begierden auf die Probe stellen wollten. Dort kam Carvalho mit einem voyeuristischen Komplizen ins Gespräch, einem angegriffenen Manager mit fünf Whiskys zuviel.

»Ganz schön was los hier.«

»Immer dasselbe. Und immer dieselben.«

»Kommen Sie oft hierher?«

»Täuschen Sie sich nicht in mir, mein Freund!«

»Nein, das tue ich nicht.«

»Wenn Sie ein Abenteuer suchen, sind Sie an der falschen Adresse. Ich komme zum Zusehen. Ich könnte genausogut in eine Lesbenkneipe gehen. Die Menschen sind das interessanteste Schauspiel.«

»Sie sind wie ich. Ich finde die Leute so amüsant, daß ich nicht einmal fernsehe.«

»Die Hand drauf!«

Er streckte die Hand aus, und Carvalho ließ sich von ihm die Hand drücken.

»Ich komme an einem Abend pro Woche, beobachte, überprüfe, erinnere mich und mache mir eine Vorstellung vom Stand der Dinge. Das sind fast alles Stammgäste hier.«

»Das ist das In-Lokal hier, oder?«

»Nicht so ganz. Man geht jetzt ins *Martin's*, aber erst später. Dort gibt es alles. Es ist wie ein Supermarkt für Schwule aller Art und in jeder Größe.«

Carvalho verlor das Interesse an seinem Gesprächspartner und hoffte, daß es dem anderen ebenso erging. Aber er bemerkte, wie ihm der andere die Hand auf einen Arm legte und ihn zu einem Getränk einlud.

»Zu einem Whisky lasse ich mich einladen. Es muß aber Malt Whisky sein. Wenn ich selbst zahle, trinke ich Malt Whisky, und ich sehe nicht ein, warum ich etwas anderes trinken soll, wenn ich eingeladen werde.«

»Die Hand drauf! Sie sind wie ich. Klar. Offen.«

»Einen Knockando.«

»Ich habe den fünfzehnjährigen und den Gran Reserva«, verkündete der Kellner.

Der Manager überlegte nicht lange.

»Gran Reserva für meinen Freund.«

»Der Whisky des englischen Königshauses«, klärte ihn Carvalho auf, und sein Gastgeber bekam große Augen.

»Die Könige wissen, was gut ist.«

»Königin Elizabeth sieht aus, als würde sie sich mehr als einen gönnen.«

»Diese pummelige Prinzessin auch, die Ferguson. Whisky ist sehr gesund. Man pißt alles wieder aus.«

»Wollen Sie noch lange hierbleiben?«

»Wie es der Körper verlangt. Zu Hause erwarten mich eine dicke Mutti und vier Kinder.«

»Haben Sie hier vielleicht einen Mann ohne Wimpern mit einem dunkelhäutigen Jüngling gesehen, der wie ein Italiener, ein Grieche oder ein Andalusier aus dem Volkslied aussieht?«

»Ganz sicher nicht. Es wäre mir aufgefallen. Dieser Whisky schmeckt toll, ich muß mir die Marke notieren. Sie sind ein Lebenskünstler, Amigo. Ich bin ein Arbeitstier und verstehe nichts vom Genuß. Wenn man mir verbieten würde, einmal in der Woche den Schwulis zuzuschauen, wäre ich am Ende.«

»Woher haben Sie diese Manie?«

»Von meinem Vater.«

»War der auch Voyeur?«

»Nein. Er war ein äußerst rechtschaffener Mensch. *Opus Dei* und tägliche Kommunion. Er sagte immer: ›Lieber ein Kommunist oder Separatist in der Familie als ein Schwuler.‹ Das sagte er ständig, und ich wurde ungeheuer neugierig auf Schwule. Ich kann ja nicht schreiben, aber wenn ich schreiben könnte, würde ich eine wissenschaftliche Abhandlung über sie schreiben. Nach jahrelanger Beobachtung könnte ich die Schwulis zoologisch und botanisch klassifizieren. Ich weiß alles. Verstehen Sie etwas vom Schreiben?«

»Es reicht für die Unterschrift.«

»Das ist das Wichtigste. Wenn man unterschreiben kann, kann man fast alles.«

»Und was machen Sie?«

»Vertreter für galicische Konserven. Die besten Sardinen und Herzmuscheln in Dosen, die hier verzehrt werden, gehen durch meine Hände. Geben Sie mir Ihre Adresse, und ich schicke Ihnen ein Paket, das Sie in einem Jahr nicht aufessen!«

Carvalho gab ihm ein Kärtchen mit seiner Büroadresse.

»Privatdetektiv! Irgendwie habe ich geahnt, daß Sie einen interessanten Beruf haben. Sie und ich, wir könnten zusammen einen Roman schreiben. Haben Sie sich schon die Pissoirs angesehen? Verstehen Sie mich nicht falsch, aber ein Gang durch solche Orte ist genau wie ein Gang durch die Salons der guten Gesellschaft. Die Wahrheit über diese Leute findet man auf der Klappe und in den Kinos. Kennen Sie die Szene um das Arenas-Kino? Vom

Feinsten! Die Klappe am Boulevard Rosa ist auch interessant. Wenn ich einen Stadtplan hätte, könnte ich Ihnen einen faszinierenden Rundgang aufzeichnen, für den ich jahrelang Erfahrung sammeln mußte, aber ohne mich einzulassen, eh, daß das klar ist! Männer bedeuten mir gar nichts, und ich kann das mit mehr Berechtigung behaupten als mancher andere, denn ich kenne das Laster genau, ich weiß, worum es geht und worauf sie stehen. Ich bin keiner von denen, die sich als Supermacho aufspielen und dabei Schwule nur aus dem Kino kennen.«

Carvalho hatte allmählich genug von dem Thema und den Ausführungen des Managers. »Haben Sie keine Angst, hier einmal einem Kunden zu begegnen?«

»Meine Kundschaft verkehrt nicht in solchen Lokalen. Die meinen, sie würden gleich AIDS bekommen, wenn sie hier nur ein Tonic trinken. Die Leute haben keinen Sinn für das Abenteuer mehr, und ich selbst liebe das Abenteuer sehr. Wenn man mir dieses kleine Überdruckventil nehmen würde, käme das einer Kastration gleich.«

Carvalho überlegte, ob er seine Liebenswürdigkeit erwidern und ihn seinerseits zu einem Glas einladen oder das tun sollte, wozu er eigentlich Lust hatte, nämlich zu gehen. Er entschied sich für das letztere. Schließlich verpflichtete es ihn zu nichts, wenn der andere ihn einlud.

»Ich muß nach Hause.«

»Wartet da auch eine dicke Mutti?«

»Drei. Ich bin Mormone.«

Er ließ den Manager in einem Meer kultureller Verwirrung zurück, allein mit der Frage, ob Mormonen irgendeine sexuelle Abart bezeichneten oder etwas mit der Mun-Sekte zu tun hatten. Er war nicht mehr jung, gehörte aber vielleicht bereits zu diesen dummen Generationen, die niemals Karl May gelesen haben und daher niemals erfahren werden, was ein Mormone ist oder wo Salt Lake City liegt. Bei diesen Gedanken über gesunde Literatur entdeckte Carvalho, daß er wieder nicht wußte, wohin, bis es Zeit war, ins *Martin's* zu gehen, dieses Kaufhaus aller

Spielarten der Homosexualität Barcelonas – ein weiterer Heuhaufen, in dem er die Nadel Lebrun finden konnte, diesen blöden, eingebildeten Lebrun, der ihn entlassen hatte, als könne er, indem er ihn ignorierte, die Ereignisse jener Nacht auslöschen!

Er ging im Büro vorbei, um Biscuters Essen, das dieser mittags zubereitet hatte und das durch die Umstände zum Abendessen geworden war, eine Reverenz zu erweisen. Der kleine Mann schlief im Sonntagsanzug vor dem kleinen Fernseher, in dem vergebens eine Dokumentarsendung über das Werk von Luis Buñuel lief, und Carvalho schaltete ihn nicht aus, damit die plötzliche Stille seinen Assistenten nicht aufweckte. Er aß im Stehen in der Küche, als im Büro ein Wecker rasselte, und als er ging, um ihn abzustellen, war Biscuter wach und fasziniert von dem, was im Fernsehen lief.

»Das ist ja hochinteressant, Chef! Kannten Sie Buñuel?«

»Nein. Wieso sollte ich ihn kennen?«

»Sie kennen doch alle Welt. Was hat er gemacht?«

»Dummejungenstreiche.«

»Also nein!«

»Und das Mädchen, Biscuter?«

»Meinen Sie die Señorita Beba?«

»Wieso, hast du noch eine andere?«

»Alles unter Kontrolle, Chef. Der Wecker, der Anzug. Jetzt gehe ich raus und beschatte sie. Sie sagten doch, sie ist ein Nachtvogel.«

»Das Essen war sehr gut, Biscuter.«

»Ich hab's zu Mittag gemacht, und aufgewärmt ist es nicht dasselbe. Aber bei Ihnen weiß man ja nie etwas im voraus.«

»Hat jemand angerufen?«

»Wen meinen Sie damit, Chef? Wenn Sie mich fragen, ob jemand angerufen hat, wollen Sie doch wissen, ob jemand bestimmtes angerufen hat.«

»Die Franzosen von neulich. Er oder sie.«

»Nein. In diesem Sinn, niemand. Charo hat angerufen.«

»Charo.« Der Name klang wie ein Störgeräusch, und das machte ihm Gewissensbisse.

»Was für Streiche hat dieser Buñuel gemacht?«

»Er hat tote Esel in Klaviere gesteckt.«

»Also wirklich, Chef, wir Spanier malochen, und andere sahnen den Ruhm ab! Ich weiß nicht, was daran toll sein soll, wenn man tote Esel in ein Klavier steckt.«

»Es war ein Traum. Außerdem war Buñuel Spanier.«

»Gut. Das ist etwas anderes. Im Traum kann alles mögliche passieren. Ich mache mich auf den Weg zu Señorita Brando.«

Wovon träumte Biscuter? Zu welcher Größe schwang er sich in seinen Träumen auf? Plötzlich tauchte aus einem Winkel seines Gedächtnisses etwas auf, das ihm die Brust erstarren ließ, so daß es weh tat. Als seine Mutter gestorben war, nach mehreren Jahren der Bettlägerigkeit und fast völlig unfähig zu sprechen, erzählte ihm sein Vater, daß er sie nachts oft im Traum laut sprechen höre. Im Schlaf sprach sie, und ihm war nicht eingefallen, ihren Schlaf zu bewachen und diese Botschaften aufzufangen, die die Frau tagsüber nicht aus den Tiefen ihrer Seele heraufholen konnte. Der Mensch ist ein vernunftbegabtes Tier, das Gewissensbisse hat und außerdem Gefallen daran findet, diese aufzubauen, ganz langsam, indem es Dinge ansammelt, die es später bereuen wird, Gesten, Schweigen … so wie er sie in seiner Beziehung zu Charo ansammelte. Einen Moment lang nahm er sich vor, nicht länger dem Schatten von Claire nachzujagen, sie ihrem Schicksal zu überlassen und sie für stark zu halten mit ihrem aufrechten Gang und diesen edelsteinhaften, transparenten Augen. Aber was würde aus der Mann-Frau-Beziehung ohne den Selbstbetrug des Beschützens? Was sollte noch aus diesem verbissenen Kampf zwischen zwei Tieren, deren Geister Feinde waren, die von Geburt an Feinde waren, werden, wenn nicht diese Konvention von der Schwäche des einen und der Stärke des anderen zwischen ihnen vermittelte? Aus diesem Grund hatte ihn die Kälte geschmerzt, mit der ihn Claire aus ihrer Begegnung mit Alekos vertrieben hatte. Aber trotz dieses Schmerzes, trotz seiner Theorie über die Gewissensbisse und trotz seines schlechten Gewissens gegenüber Charo – weil Claire ihn nicht nur oberflächlich ansprach, sondern ihn unterhalb der Gürtellinie seines verteidigungsbereiten Bewußtseins getroffen hatte –, trotz alledem sah er sich auf der Straße, unterwegs zum *Martin's*, um den Kreuzweg seiner Suche nach Lebrun fortzusetzen, die eigentlich eine Suche nach Claire war. Er überraschte sich selbst vor dem *Martin's*, als träfe er einen unerwarteten Unbekannten. Vier junge Männer, die aus einem geheimen Grund freudig kicherten, stürzten sich fast auf ihn und verkündeten laut: »Hier kommt nur rein, wer ein Kondom trägt!«

Drinnen sah man nichts, roch aber eine merkwürdige Mischung aus billigem Schweiß und teurem Eau de Toilette oder umgekehrt, aus teurem Schweiß und billigem Duftwasser. Schwarz war die vorherrschende Farbe – im Untergeschoß, weil es ganz in Schwarz gehalten war, und im Obergeschoß, weil sich dort die Dunkelheit mit jenen Kraken verbündet hatte, die in ihrem Schutz das intimste menschliche Fleisch massierten. Das entmutigte ihn zutiefst, denn es war kein Ort für Georges. Lebrun wollte gerne etwas sehen, und hier sah man gar nichts, außer wenn irgendwo das Licht einer Zigarette pornographische Winkel beleuchtete, die, kaum gesehen, schon wieder verschwunden waren, wie Diapositive, die eine sadistische Hand vorführt. Es war seine letzte, kindische Chance, und er suchte weiter, obwohl er riskierte, daß man ihn für einen Schnüffler hielt, und er jedesmal, wenn sich seine Nase einem dunklen Umriß näherte, Gefahr lief, daß sie ihm eingeschlagen wurde.

»Wen suchst du denn, Rotkäppchen?«

»Mein Großmütterchen!«

»Hier gibt's nur Großväterchen!«

Er überlegte kurz, auf einen Tisch zu steigen und Lebruns Namen zu rufen, aber dabei riskierte er, daß ihn die Schlägertypen des Lokals in einen ballförmigen Käfer verwandelten und auf die Straße hinausrollten. Scheiße, dachte und sagte er. Scheiße, Scheiße, Scheiße. Und gab auf, nicht nur aufgrund der Unmöglichkeit, Lebrun zu finden, sondern auch wegen der immer deutlicheren Erkenntnis, daß dieses Lokal nicht dem Stil des Franzosen entsprach. Er fühlte eine uralte Erleichterung, fast schon die totale Erinnerung an Erleichterung, als er wieder auf der Straße stand und die herbstliche Kühle spürte. Wenn er sich nicht in seinem Hotel versteckt hielt, wo konnte sich Georges Lebrun dann aufhalten? Die Nacht wurde allmählich zum Morgengrauen, und Lebruns Verabredung war schon so nahe gerückt, daß es fast zwecklos war, ein paar Stunden gewinnen zu wollen. Ja, es war allmählich überflüssig. Contreras schlief sicherlich tief und fest und ließ sich dabei gewiß nicht von der Leiche eines drogensüchtigen Griechen stören. Aber darin irrte er. Neben ihm tauchte ein Schatten auf, den die Neonreklame des *Martin's* erzeugte, und ein Mundvoll billiger Zigarrenqualm streifte seine Nase. Der Mann grinste und sah aus wie eine von Contreras' Kreaturen.

»Schau, schau, in welchen Kreisen Señor Carvalho verkehrt!«

»Sie haben Anweisung, mir verdeckt zu folgen.«

»Nicht immer. Ich habe keine Lust mehr, Sie zu beschatten.«

»Sie haben sich sicherlich gelangweilt, weil ich den ganzen Abend auf der Plaza de Catalunya Tauben gefüttert habe.«

»Welche Tauben?«

Er war verärgert, daß es ihm offensichtlich nicht gelungen war, ihm den ganzen Abend auf den Fersen zu bleiben. Wahrscheinlich hatte er ihn erst im Schlepptau, seit er das Büro wieder verlassen hatte.

»Jetzt aber jeder Uhu in sein Nest, und ich gehe nach Hause!«

»Ist das mit dem Uhu auf mich gemünzt?«

»Nein. Es ist eine spanische Redensart.«

Ein Taxi kam mit zwei eisenbehängten Männern, die die Nähe eines Magneten nicht ertragen hätten, und Carvalho nutzte die Gelegenheit, stieg ins leer gewordene Auto und überließ den Polizisten seiner einsamen Verwirrung. Durch die Heckscheibe sah er, daß der andere nicht reagierte, konnte aber nicht sicher sein, ob er wirklich allein war und der Partner nicht schon an seinen Fersen klebte. Einer plötzlichen Eingebung folgend, bat er den Taxifahrer, ihn nach Horta zu fahren, und dort blieb er allein in der schlafenden Stadt und wartete auf das nächste Taxi, das er zur Plaza Medinaceli lenkte. Ihm war die Idee gekommen, daß Lebrun vielleicht zu einem weiteren Abend bei Dotras gegangen war, denn er hatte so offensichtlich fasziniert gewirkt von jener nostalgischen Komödie der Waisen von 1968. Obwohl während der Fahrt die spärlichen und weit entfernten Lichter von Vallvidrera und dem Tibidabo die Sehnsucht und den Wunsch in ihm weckten, nach Hause zurückzukehren, ließ er sich unbeirrt zum angekündigten Ziel bringen, ging nach dem Aussteigen übermüdet durch die Gassen und atmete die feuchte Brise vom Meer, bis er das Gäßchen mit dem Atelier von Dotras erreichte. Alle Türen standen weit offen, sogar die zum Atelier, wo über ein Dutzend Leute döste, von Leonard Cohen in den Schlaf gewiegt. Sogleich entdeckte er Lebrun, der auf einer Matratze saß, nachdenklich und melancholisch. Mitja schlief rückhaltlos neben ihm, und die übrigen Leute schickten sich an, jeder mit seinem Schlaf oder seinen Träumen, eine Nacht in den dunklen Brunnen des allerunwiederbringlichsten Nichts zu werfen. Lebrun entdeckte ihn sofort, zuckte aber mit keiner Wimper, und Carvalho unterdrückte ohne große Mühe den Impuls, ihn anzusprechen. Er war müde und fürchtete, das Ergebnis der ganzen Suche würde der Mühe, die sie ihn gekostet hatte, nicht gerecht. Er nahm sich ein Glas Cuba Libre, der in einer großen Schüssel angerichtet war, nicht ohne den vom Rauch seiner zahl-

reichen Joints einbalsamierten Dotras um Erlaubnis gefragt zu haben, und ging mit dem Glas in der Hand zur
Küche, die durch einen Vorhang abgetrennt war, um sich
etwas Solides zu essen zu holen. Als er den Vorhang zu-
rückschlug, stand dort Señora Dotras, die halbentblößten
Brüste über dem Herd und den Rock hochgeschlagen,
während das Zentrum ihres Hinterns von dem violetten,
feuchten Rammbock eines Jungen berannt wurde, der für
dieses Unternehmen viel zu mager war. Doch er erfüllte
sein Vorhaben, die Gastgeberin zu vögeln, mit der Profes-
sionalität eines Pornodarstellers, während sie gedämpft
klagte und sich ihre grauen langen Haare über die halb-
leeren Töpfe ausbreiteten. Anstatt sich vorsichtig zurück-
zuziehen, blieb Carvalho stehen, betrachtete das Schauspiel und würdigte die Vollkommenheit der Inszenierung.
Es handelte sich um eine wilde, spontane sexuelle Begegnung, ganz auf der Linie seiner jüngeren Parteigenossen
am Ende der sechziger Jahre. In dieser Zeit wurde mit einer Selbstverständlichkeit gebumst, wie sie keine der spä-
teren Generationen je wieder erleben würde, und die alte
Dotras war wieder Königin für einen Tag, erregt durch die
Nähe des dazu passenden Ambientes und des Gatten, der
auf einer Wolke von Erinnerung und Vergessen schwebte.
Die Szene war von einer gewissen vitalen Schönheit, und
Carvalho bekam beinahe feuchte Augen. Er wäre gerne
zu ihr gegangen, um ihr übers Haar zu streichen und ihr
einen ewigen Orgasmus zu wünschen, hätte· ihn nicht ein
tiefes Gefühl der Lächerlichkeit davon abgehalten, und er
verließ die Küche, als hätte er nichts gesehen. Nun erwartete ihn Lebruns Blick, und er tat ihm nicht den Gefallen,
ihn sofort anzusprechen. Im Gegenteil, Carvalho ging in
die entgegengesetzte Zimmerecke und widmete sich in
aller Ruhe dem Genuß seines Getränks. Lebrun hob sein
Glas und prostete ihm von weitem zu, um dann den Kopf
zu neigen und Mitjas Schlaf zu überprüfen, zu bewachen
oder zu beschützen. Aus der Küche kam der kühne Recke
mit einem Teller Reissalat in der einen Hand, während

die andere ein letztes Mal den Verschluß des Hosenlatzes kontrollierte, und Sekunden später erschien die Dotras mit neuer Leichtigkeit in den Bewegungen und einer Singstimme, mit der sie der Stadt und dem ganzen Erdkreis verkündete, daß in der Küche noch Essen für ein ganzes Regiment sei. Aber ihre Stimme blieb im Dunst des Raumes stecken wie ein erfolgloser Vorschlag, und die Frau verschwand wieder in ihrer Alkovenküche, die ihre intime Normalität wiedergefunden hatte. Minuten vergingen, und Carvalho fragte sich, wer von beiden wohl als erster nachgeben würde. Es war Lebrun, der, nachdem er noch einmal Mitjas Schlaf überprüft hatte, sich mit einer Leichtigkeit erhob, um die ihn Carvalho beneidete, und sich neben ihn setzte. Sie saßen schweigend, bis Lebrun den Joint, den er zwischen den Fingern hielt und den mitzurauchen Carvalho abgelehnt hatte, fertiggeraucht hatte.

»Haben Sie mich gesucht, oder sind Sie zufällig hier?«

»Ich bin kein Stammgast auf solchen Leichenbegängnissen. Tatsächlich bin ich erst das zweite Mal hier.«

»Ich fand es beim ersten Mal interessanter. Heute läuft zwar andere Musik, aber sonst ist alles gleich.«

»Zweite Folgen waren noch nie gut.«

»Es war auch noch nie gut, Situationen zu erzwingen.«

Das war ein deutlicher Seitenhieb, und Carvalho seufzte.

»Sie glauben, alles unter Kontrolle zu haben, aber das ist nicht so. Die Polizei hat mir Fragen gestellt, und ich muß sie so schnell wie möglich beantworten.«

»Zum Beispiel?«

»Wer wird die Leiche beanspruchen?«

»Bereits geregelt. Claire hat sich zu diesem Zeitpunkt bereits von Paris aus unter ihrem richtigen Namen mit dem französischen Konsulat in Verbindung gesetzt. Sie hat über einen Freund, der in Barcelona wohnt und es in der Zeitung gelesen hat, vom Fund einer Leiche erfahren. Sobald Alekos' Identität bestätigt ist, werde ich mich um alles kümmern. Ich bin noch ein paar Tage hier.«

»Claire heißt also gar nicht Claire?«

»Nein. Wie hätten wir die Möglichkeit ihrer Identifizierung in Kauf nehmen können? Aber unter uns wollen wir sie weiterhin Claire nennen.«

»Morgen haben Sie einen Termin im Olympischen Büro.«

»Wie haben Sie davon erfahren?«

»Ich bin nicht nur ein Fremdenführer durch das nächtliche Barcelona, ich bin auch noch Privatdetektiv. Contreras, der Polizist, der den Fall bearbeitet, ist nicht zu unterschätzen. Er ist zu unvorhergesehenen Reaktionen fähig und kann zuschlagen wie ein Skorpion. Er weiß, daß ich nicht allein war.«

»Sie können meinen Namen angeben.«

»Er kann herausfinden, daß uns eine Frau begleitet hat.«

»Diese Frau steht mir zur Verfügung. Eine gekaufte Französin, die alles, was wir in jener Nacht taten, auswendig gelernt hat.«

»Claire, oder wie sie heißt, ist also in Sicherheit.«

»Ja. Ich auch. Mitja ist derjenige, der am meisten gefährdet ist, und solange er nicht in Sicherheit ist, kann alles auffliegen. Mein erster Gedanke war, ihn zur Grenze zu bringen, aber er war manchmal so niedergeschlagen und dann wieder so hysterisch, daß ich Angst hatte, ihn allein zu lassen. Seit seiner Flucht mit Alekos war alles sehr hart für ihn. Aber ich glaube, wir brauchen nur die Leiche abzuholen, um das Kapitel abzuschließen.«

Carvalho biß sich auf die Lippen, um nicht die Frage zu stellen, die er gerne gestellt hätte, und Lebrun wartete. Er schien mehr daran interessiert, ihm Mitjas Rolle in dem Drama zu erklären, als die Lösung des Dramas.

»Er ist ein sehr junger Mensch, aber sehr verantwortungsbewußt. In Paris fehlte es ihm an nichts. Ich hatte ihm einen Platz auf einer Privatschule besorgt, wo er innerhalb knapp eines Jahres seine Kenntnisse auf Vordermann bringen konnte. Aber Alekos hat eine morbide Faszination auf ihn ausgeübt, die noch zunahm, als er von seiner Krankheit erfuhr, und er ist ihm bedingungslos gefolgt, wohin auch immer, mochte es enden, wie es wollte. Für mich war es eine Art Herausforderung, denn Mitja war mein Geschöpf, meine Daseinsberechtigung als Pygmalion. Als ich ihn kennenlernte, war er ein vernachlässigter, mißtrauischer Knabe, der im Schatten von Alekos und seinen Freunden heranwuchs und sich von ihren Schatten nährte, in jedem Sinne des Wortes. Erst auf der Reise nach Patmos fühlte ich mich von der Tiefe des Jungen angerührt, von seiner angeborenen Klasse.«

»Sie waren also zu dritt auf Patmos.«

»Ja. Alekos, Mitja und ich.«

»War Mitja der Geliebte von Alekos oder von Ihnen?«

»Warum muß er unbedingt unser Geliebter gewesen sein? Bitte, bemühen Sie sich, etwas mehr zu differenzieren! Er war unser Werk. Alekos verstand es auf seine Art, ich auf meine. Er aus der Verzweiflung eines *métèque* heraus, der sich nie in irgendeiner Kultur heimisch fühlen würde, und ich, indem ich versuchte, Mitja zur Größe einer bewundernswerten Statue zu führen.«

»Und Claire …?«

»Die arme Claire!«

Die arme Claire. Eine irritierende, subtile Verachtung lag in Lebruns Worten. Die arme Claire.

»Sie reagierte wie ein hysterisches Weibchen. Etwas, jemand wollte ihr ihren Alekos wegnehmen, und das konnte sie nicht zulassen. Ich war ihr Nachbar und traf mich gelegentlich mit den beiden als Paar. Was Claire nicht wußte, war, daß ich mich nach und nach immer häufiger ohne sie mit Alekos traf. Er war viel interessanter. Und über ihn lernte ich Mitja kennen.«

»Jeder von Ihnen hat mich auf seine Art belogen. Sie haben die Beziehung zu Alekos so lange wie möglich verschwiegen, bis zu der Geschichte mit Patmos, der Apokalypse und dem ganzen Zeug. Und von Mitja kein Wort. Sie hingegen hat mir verschwiegen, daß sie von Alekos' Todesurteil wußte.«

»Sie wußte es. Alekos floh todkrank aus Paris und war so verantwortungslos, Mitja mitzunehmen. Seitdem waren

Claire und ich auf der Suche nach den beiden, jeder mit einem anderen Ziel. Sie wollte beweisen, daß Alekos keiner oder keinem anderen gehörte, und ich wollte Mitja in Sicherheit bringen, zurückgewinnen und mein Werk vollenden.«

»Und als Sie Alekos fanden?«

»Lag er im Sterben. Es war nur noch eine Frage von Tagen.«

»Aber jemand hat ihm die Überdosis gegeben. Jemand besaß das Mitleid oder den Hochmut, ihm den Gnadenstoß zu versetzen.«

»Mitleid oder Hochmut, keine schlechte Sichtweise.«

»War es Mitleid oder Hochmut?«

»Wohl eher beides.«

»Sie? Claire?«

Jetzt lächelte Lebrun, als wäre das Drama zu einem langweiligen Ratespiel nach Tisch geworden. Das Lächeln dieser wimpernlosen Augen sagte: »Raten Sie!« Ein unheimlicher und eigenartiger Mensch, der das Spiel in eine Geschichte auf Leben und Tod hineinbrachte. Er erwartete sein Verdikt, und Carvalho gönnte ihm nicht die Befriedigung, ihn um die Antwort betteln zu sehen. Er ließ sich rückwärts in die Polster fallen und betrachtete die Decke, ihre Holzbalken und die Haschischschwaden, die von dieser schlaffen und schlafenden Menschheit aufstiegen. Plötzlich hörte man den Lärm von kämpfenden Körpern, und Carvalho stützte sich auf die Ellbogen auf. Dotras kämpfte wie ein Riese; er hatte einen der Liegenden am Arm gepackt und schüttelte ihn.

»Es reicht, ihr Hurensöhne! Das Schauspiel ist vorbei! Das hier ist meine Wohnung! Ihr freßt mir alles weg! Meine ganzen Erinnerungen und meine ganze Intelligenz freßt ihr mir weg! Das könnt ihr gar nicht bezahlen, was ihr alles freßt! Bastarde, los, ab nach Hause, wenn ihr überhaupt ein Zuhause habt! Ich habe mit zwölf Jahren schon gearbeitet, und ihr seid alle nur verwöhnte Muttersöhnchen … Mit zwölf Jahren mußte ich Hüte und Süßigkeiten für die

Firma *El Horno del Cisne* verkaufen! Ihr seid so ein schäbiges, erbärmliches Pack, daß eure Erinnerungen einmal Mitleid erregen werden ... Farblos, unreif und fade, das werden sie sein!«

Seine Frau kam aus der Küche gestürzt und gab allen durch Zeichen zu verstehen, daß sie gehen sollten, während sie auf ihren Mann zuging wie auf ein störrisches Kind.

»Papá, reg dich nicht so auf! Papá ...«

»Schau mal, wie diese Idioten alles zugerichtet haben! Die zahlen mir nicht mal was fürs Zuschauen!«

»Papá ...«

Die Frau barg den Kopf ihres Mannes zwischen Brüsten und Armen und wiederholte mit Gesten, daß die andern gehen sollten. Einige schliefen und waren nicht in der Lage, die Botschaft zu empfangen. Die übrigen machten sich auf den Weg zum Ausgang, verfolgt von den Mahnungen der Hausfrau: »Wer nicht bezahlt hat, legt das Geld in diese Keramikschale von Llorens Artigas! Du, Carlet, du hast nicht bezahlt, das sehe ich ...«

Das sagte sie zu demjenigen, der mit ihr in der Küche die Schubkarre gemacht hatte, ganz die gnadenlose Managerin, während sie nicht aufhörte, weiter den großen Kopf ihres Mannes zu wiegen, der schweigend oder zum Schweigen gebracht weinte. Mitja ahnte, daß eine besondere Beziehung zwischen Lebrun und Carvalho bestand, obwohl er ihn nicht als einen der Eindringlinge in Alekos' letzter Nacht erkannt hatte und auch das Gespräch zwischen den beiden nicht gehört haben konnte. Als die Reihe der aus dem *Chez Dotras* Vertriebenen die Straße erreicht hatte, löste sie sich auf, und am Ende war das Trio aus Carvalho, Lebrun und Mitja die einzige verbliebene Gruppe.

»Dieser Señor ist der Detektiv, der uns geholfen hat, euch zu finden.«

Mißtrauen trat in die dunklen Augen von Mitja, und er verlangsamte seine Schritte, um das geheime Einverständnis der beiden Männer nicht zu stören.

»Trotz allem war es eine unvergeßliche Nacht, aber nicht aus dem Grund, den Sie vermuten. Das war nicht mehr als ein Detail, der logische Abschluß einer langen Flucht und einer langen Suche. Der Weg, das Unterwegssein war schön. Zuerst Dotras und sein Geschäft auf den Ruinen der Erinnerung. Dann diese ganzen Lagerhallen, diese Fabriken ... wie ausgegrabene Überreste, die kurz für flüchtige und ätherische Traumindustrien wiederbelebt wurden ... Bildhauer, Fotografen ...«

»Sterbende.«

Das Wort gefiel Lebrun nicht. Er schloß die Augen und bemerkte: »Ihr Spanier seid zu tragisch. Ich habe von jener Nacht die vielen Ikarias im Gedächtnis behalten und Sie nur eine schmutzige Spritze und die Ermordung einer Leiche.«

Damit verfiel er in ein übellauniges Schweigen, bis er beschloß, die Geschichte und seine Beziehung zu Carvalho zu einem Ende zu bringen.

»Es war Claire. Sie erlaubte nicht, daß ich es für sie tat. Alekos gehörte ihr. Ihr Eigentum war nicht wegen einer anderen Frau oder eines anderen Mannes in Gefahr, sondern wegen der Belagerung durch den Tod. Sie hatte die vorbereitete Spritze in ihrer Tasche, seit wir in Barcelona angekommen waren. Erinnern Sie sich, wie sie die Tasche mit gekreuzten Armen vor ihrer Brust hielt? Als wolle sie ihre Anti-Hostie beschützen. Darin trug sie ihr ganzes Mitleid und ihren ganzen Hochmut gegenüber Alekos.«

»Und er?«

»Ich weiß nicht, was sie miteinander gesprochen haben. Sie konnten selbst sehen, daß sie sich seiner bemächtigte, sobald sie ihn sah, und daß wir anderen überflüssig waren. Sicher ist, daß sich Alekos die Spritze geben ließ, ohne zu protestieren, und ich würde sagen, mit einer gewissen Erleichterung. Mitja ahnte das Ganze, als schon nichts mehr zu machen war, und bekam einen Wutanfall, aber das ging vorüber. Für ihn beginnt alles von neuem.«

Er blieb unvermittelt stehen und streckte die Hand nach Carvalhos schlaff herabhängenden Armen aus.

»Ich nehme an, Sie haben meinen Scheck bekommen. Außerdem drücke ich Ihnen hiermit meine Dankbarkeit und meine Zufriedenheit aus. Es war mir ein Vergnügen.«

Er drückte die ausgestreckte Hand des Franzosen und ließ ihn, einen Arm um die Schultern des Jungen gelegt, die Ramblas hinaufgehen. Carvalho beschloß, die Ramblas hinabzugehen und mit einer Portion Zeit im Büro die geringe Beachtung wiedergutzumachen, die er ihm in den letzten Tagen gezollt hatte. Ab und zu drehte er sich um und schaute die Ramblas hinauf, um das allmähliche Entschwinden des Paares zu überprüfen, bis es sich mit den letzten Halbschatten der Rambla de las Flores und den spärlichen Passanten mit Lust auf Dschungel vermischte. Er setzte seine grimmige Miene auf, zur Vermeidung lästiger Dialoge mit elenden, durchsichtigen Dealern auf billigen Sohlen für schnelle Fluchten, aber einer kurz vor dem Komplettbankrott kam ihm so nahe, daß er Carvalhos Augen sah, die ihn stoppten, wie einen nur die Augen eines bewaffneten Mannes stoppen können. Er betrat das Büro und brauchte eine Weile, bis er begriff, warum Biscuter nicht auf seiner Pritsche lag: Er hatte ihn mit dem Titel eines Assistenten ausgezeichnet, und um diese Zeit mußte er das nächtliche Barcelona in Erstaunen versetzen mit seinen stählernen Schulterstücken und seiner Art, zu rauchen wie ein Liebhaber, dessen Augen von Qualm und Scharfblick gepeinigt werden. Seit vielen Jahren hatte er nicht mehr das Gefühl erfahren, allein in seinem eigenen Büro zu sein, und er verstärkte das Gefühl noch, indem er den Raum verdunkelte. Er machte es sich bequem in dem drehbaren Bürosessel, legte die Füße auf den Tisch, nahm die gerettete Taschenlampe aus der Jackentasche, gab ihr das Gefühl, in seinen Händen gestreichelt zu werden, drückte, bevor er sie in die Schublade legte, den Schalter, und ein fröhliches Licht leuchtete auf, das er in die Ecken des Raumes lenkte, auf Biscuters Pfad zu seiner Höhle und schließlich auf sein eigenes Gesicht, um es von der Spitze des Kinns her gespenstisch zu erhellen. Dann drückte er sich das dioptrienstarke Auge an die Schläfe, in den Mund, knipste die Lampe abrupt aus und schleuderte sie in die Tiefe einer Schublade, die eigentlich zu groß für sie war. Er hörte, wie sie darin herumrollte, als er die Lade bis zum Anschlag hineinstieß, und ließ sich von dem verebbenden Geräusch Gesellschaft leisten. Er kämpfte gegen den Kummer an oder versuchte, sich zu erinnern, wie er ihn herbeirufen konnte, als ein Schlüssel entschieden ins Schloß gesteckt wurde und in der Tür Biscuters Silhouette im spärlichen Licht des Treppenabsatzes auftauchte.

»Ich bin's, Biscuter.«

»Sie, Chef? Um diese Zeit?«

Es ward Licht, und Carvalho genoß ausgiebig die Erscheinung des alten Knaben in seinem zwanzig Jahre alten neuen Anzug und der womöglich von der Erstkommunion stammenden Krawatte.

»Wie geht's?«

»Verdammt gut, Chef. Wenn Sie nicht zu müde sind, erstatte ich Bericht.«

Der getreue Knappe suchte sich Herberge in dem Sessel, der sonst der Kundschaft vorbehalten war, und schickte sich an zu weitschweifigen Auskünften über seine Hin- und Rückwege im Gefolge der Señorita Brando. Er zog ein Heftchen mit kariertem Papier aus der Tasche und begann seinen Bericht mit Falsettstimme und leicht puertorikanischem Akzent, als imitiere er die Sprecher der nordamerikanischen Fernsehfilme, die in puertorikanischem Spanisch synchronisiert wurden.

»Donnerstag, zweiundzwanzig Uhr dreißig. BB verläßt ihr Haus im Schutz der ersten Schatten der Nacht ...«

»Um diese Uhrzeit herrschen im Herbst nicht gerade die ersten Schatten der Nacht ...«

Aber Biscuter ließ sich nicht beirren und fuhr fort in seinem Bericht über Verfolgungen in Bars, Restaurants, Diskotheken ...

»Nichts mit Drogen?«

»Bis jetzt nicht.«

Er setzte seine ergebnislose Aufzählung von Hin- und Rückwegen fort, bis er plötzlich nebenbei etwas erwähnte, das Carvalho aufhorchen ließ.

»Freitag, zwei Uhr fünfzehn. BB verläßt das *KGB*. Es herrscht tiefe Nacht. Die Stadt schläft. Kontaktaufnahme mit BB ...«

»Was war das, Biscuter?«

»Kontaktaufnahme mit BB.«

»Weißt du nicht, daß du sie nicht mehr beschatten kannst, wenn du mit ihr Kontakt aufgenommen hast? Ist dir nicht klar, daß sie dich von jetzt an erkennen wird?«

»Es tut mir leid, Chef. Sie war es, die sich praktisch auf mich gestürzt und mir mehr Fragen gestellt hat als jeder Arzt. Ich mußte ihr meine Lebensgeschichte erzählen, und sie sagte andauernd: ›Sie Ärmster! Sie Ärmster!‹ Ich bekam einen richtigen Katzenjammer. Ich wußte gar nicht oder nicht mehr, daß mein Leben so unglücklich war. Sie hat mir dieses Buch geschenkt.«

Peter Pan von James M. Barrie. Übersetzung Leopoldo Maria Panero. Carvalho war verdutzt. Biscuter auch.

»Was sollte ich machen? Hätte ich vor ihr fliehen sollen? Sie ist ein tolles Mädchen. Hat mich sogar zu sich nach Hause eingeladen, aber das fand ich dann doch zuviel. Sie hatte schon die ganzen Getränke bezahlt, Chef. Und dazu noch das Buch!«

Brando Sr. lauschte andächtig Carvalhos ausgiebigem, wenn auch ergebnislosem Bericht, in dem er Biscuters Mitwirkung nicht erwähnte. Brando schätzte seine Arbeit. Das war zu bemerken, denn er grübelte, als sei er sich bewußt, daß hinter den ganzen rituellen Aktivitäten – Junge folgt Mädchen, Nacht um Nacht – auch eine zweite Lesart stecken konnte. Carvalho konnte nur das Nichts verkaufen. Als der Detektiv aufhörte zu sprechen, wollte ihm Brando mit der Schlußfolgerung zuvorkommen.

»Das heißt also …«

»Die Schlinge zieht sich zu.«

»Genau. Die Schlinge zieht sich zu.«

»Ich habe nun alle ihre normalen Wegstrecken notiert. Es sind fünf oder sechs, und auf dieser Grundlage improvisiert sie. Sobald sie also den üblichen Pfad verläßt, wissen wir, daß sie uns dem Ziel näherbringt.«

»Sehr gut, Carvalho. Langsam, aber sicher. Ich sage es so, wie ich denke, denn ich nenne die Dinge immer gerne beim Namen.«

Vollkommen anders war die Reaktion von Brando Jr. Carvalho wiederholte dasselbe, was er schon dem Vater vorgetragen hatte, aber weniger lyrisch, eher nüchtern, zugeschnitten auf einen Dreißigjährigen, der die schlechten Zeiten für Lyrik und Epik erlebt hatte.

»Ist das alles?«

»Ja.«

»Also, das ist wirklich sehr wenig. Sie haben keine Situation forciert. Meine Schwester kann dieses Leben monatelang fortführen, und kaum passen Sie mal nicht auf, entwischt sie Ihnen. Sie müssen die Situation provozieren. In der Unternehmenstheorie nennt man das ein Angebot machen, um den Verkauf herbeizuführen. Verstehen Sie?«

Carvalho lag eine schroffe Antwort auf der Zunge, aber er dachte an die Zukunft und an die menschliche Rasse.

Brando Jr. würde nicht besser, im Gegenteil, er würde schlechter werden. Es war ratsam, mit den Mutanten Umgang zu pflegen, um sich ihre Sprache anzueignen und sich darüber ihrer Seele zu bemächtigen. Sowohl er selbst als auch Biscuter waren gegenüber Beba in eine schlechte Position geraten. Aber Biscuter konnte in jedem Fall noch als Vorhut dienen, exponiert, um gesehen zu werden, in der plausiblen Rolle als verliebter Verfolger des Niemalsvogels.

»Wenn sie dich irgendwann entdeckt, solltest du nervös werden!«

»Das brauchen Sie mir nicht zu empfehlen, Chef. Das werde ich sowieso.«

»Aber du mußt nervöser werden als gewöhnlich! Wie ein Jüngling, der von dem Mädchen ertappt wird, dem er nachschleicht.«

»Aha, Sie meinen, ich muß zeigen, daß ich in sie verliebt bin ... Und mich ihr erklären. Ich würde ihr sagen: Seit ich Sie zum erstenmal aus dem Haus kommen sah, im Schutz der ersten Schatten der Nacht ... Verzeihung, das mit der Uhrzeit hatten Sie mir schon erklärt ...«

»Nein. Du kannst ihr ruhig sagen, daß du ihr folgst, seit du sie zum erstenmal aus dem Haus kommen sahst, in den ersten Stunden der Nacht ... Dann wird sie denken, du folgst ihr seit Juni.«

»Und was kommt nach der Liebeserklärung? Ich möchte ihr keine falschen Hoffnungen machen.«

Es gab keine andere Möglichkeit. Biscuter in der Vorhut und er selbst in der Nachhut. Der junge Brando hatte recht. Seine Fähigkeit zur Initiative hatte nachgelassen. Er hatte seine Zweifel an dem System, und deshalb folgte in den ersten Tagen Biscuter Beba und Carvalho Biscuter, und sobald der Assistent irgendeine interessante Kreuzung erreichte und kehrtmachte, um sich mit seinem Chef zu beraten, war Beba in der Zwischenzeit verschwunden. Schließlich vereinbarten sie, daß Carvalho im Büro bleiben und Biscuter ihn anrufen sollte, sobald Beba etwas

Außergewöhnliches unternahm. Dies geschah in der zweiten Nacht, und Biscuter meldete sich aufgeregt aus einer Telefonzelle, die Carvalho von seinem Bürofenster aus sehen konnte, auf den Ramblas. Biscuter rief seine Nachricht so laut in den Hörer, als sei er am anderen Ende der Stadt oder der Welt.

»Ich sehe dich vom Fenster aus, Biscuter!«

»Es ist nur, weil … das Mädchen steckt …«

»Wo steckt sie, Biscuter?«

»Hier gleich um die Ecke, in der Arco del Teatro, und sie spricht mit Dealern, Chef …«

»Ich bin sofort unten.«

Er nahm immer drei Stufen auf einmal und staunte über seine unvermuteten Reserven an Sprungkraft. Allerdings mußte er auf der Straße erst wieder zu Atem kommen und zu einem normalen Gehtempo finden, um bei den Zombies der Nacht kein Aufsehen zu erregen, die herumlungerten und ihre Nahrung in den dunklen Ecken suchten, unter den Abfällen in den Containern und bei den anderen Nachtwandlern, die am Südende der Ramblas nach den Resten der urbanen Schiffbrüche suchten. Biscuter stand an dem Schnapsbüdchen, wo *cazalla* verkauft wurde, und erinnerte eindeutig an einen chinesischen Spion in Erwartung des Messers, das ihm das letzte Keuchen abschneiden wird. Dort, dort drüben … Dort war Beba und kam auf sie zu, ein Körper, beleuchtet von den schmutzigsten Straßenlaternen der Welt und verfolgt von den Augen der Bewohner dieser Versehrtenstation der Gesellschaft. Carvalho verabschiedete Biscuter, sehr zu dessen Überraschung.

»Gerade jetzt, wo es interessant wird!«

»Ich erzähle dir später alles!«

Beba hatte ihr Auto zu Füßen des Pitarra-Denkmals im Halteverbot geparkt. Eine städtische Polizeistreife beschnüffelte es soeben, aber Beba wirkte wohl wie eine Erscheinung, denn sie salutierten militärisch, auch wenn sie danach hinter ihrem Rücken Gemeinheiten zischelten. Carvalho stieg in sein eigenes Auto und wendete direkt über die Fußgängerzone in der Mitte der Ramblas, um dem Auto des Mädchens zu folgen. Das Manöver verstieß gegen so viele Gesetze, daß die Polizisten zu spät reagierten und ihn kaum noch mit ihren Beschimpfungen erreichten, und als er in den Rückspiegel schaute, hatte er nicht einmal den Eindruck, daß sie ihren Strafzettelblock zückten. Das Mädchen wollte in die oberen Stadtteile, aber anstatt an der Diagonal ins Wohnviertel Can Caralleu abzubiegen, steuerte sie zum Paseo de la Bonanova und parkte vor der Villa mit dem Fitneßstudio, wo ihre Mutter täglich die renommiertesten Namen der Stadt beschimpfte. Sie sprang aus dem Auto und ging leichtfüßig zum Haupteingang. Anscheinend besaß sie einen Schlüssel, denn sie klingelte nicht und betrat das Haus, als sei es ihr eigenes, während Carvalho das Handschuhfach nach dem geeigneten Schlüsselbund mit Dietrichen durchwühlte. Die Alarmanlage war ausgeschaltet, das Mädchen wurde schon erwartet, weshalb die Tür einfach zuschlug und eine Kreditkarte genügte, um sie wieder zu öffnen. Carvalho mußte zurückspringen, um einen Zusammenstoß mit der seltsamen Prozession zu vermeiden, die aus dem Büro kam. Vorneweg fuhr der Rollstuhl mit dem lächelnden Ex-Turner, geschoben von Beba; die Mutter ging als begeisterter Page an der Seite, ihre Arme zerteilten mit Machetenhieben die Luft, und sie sang eher als sie verkündete:

»Heute abend wirst du der Größte sein, Sebastián!«

Sebastián versuchte, den Rollstuhl zu beschleunigen, indem er den Hintern bewegte und die Fußstütze mit kleinen Tritten traktierte. Dabei strahlte er seine Frau und Beba an, die den Stuhl schob, als sei sie die Königin der Situation. Nun stimmte die Mutter die *Marseillaise* an und fuchtelte mit den Armen vor Sebastiáns strahlendem Gesicht herum, als sie zu dem Vers kam: »*Le jour de gloire est arrivé.*«

Der Rollstuhl und sein Insasse wurden in den Gymnastikraum geschoben, wo die Mutter als einzige Requisiten ein Tischchen, einen Schemel und die Ringe herbeiholte, die sie in ihrer metallenen Führungsschiene bewegte, bis sie mit der Position des Invaliden übereinstimmten. Sebastián schaute nach oben, und seine Augen wurden feucht vor Freude, als er die Ringe über seinem Haupt schweben sah. Beba öffnete ihre Tasche, holte einen Umschlag heraus und schüttete etwas vom Inhalt auf den Tisch. Die Mutter reichte ihr ein silbernes Röhrchen, das sie entgegennahm, um das weiße Pulver auf der Tischplatte in drei Bahnen zu teilen. Die Mutter schaute mit vorgerecktem Schnäuzchen zu und verfolgte mit dem ganzen Körper die geschickten Bewegungen des Mädchens, nicht ohne Sebastián einen kompletten Satz komplizenhafter Blicke zuzuwerfen. Endlich lag das Kokain in drei Linien auf der polierten Tischfläche, Beba reichte dem Invaliden das Röhrchen, das er wie einen liturgischen Gegenstand entgegennahm und mit der einen Hand in ein Nasenloch einführte, während die zweite Hand das andere verschloß. Dreimal inhalierte er routiniert, dreimal hob er den Kopf, damit das Pulver die sensibelsten Schleimhäute erreichte, dann holten die Finger gierig die überlebenden Reste des Pulvers von der Tischplatte und massierten sie ins Zahnfleisch des offenen Mundes, den er wie eine hungrige Ente aufsperrte. Die Frauen nahmen an der anderen Seite des Tischchens Platz, Sebastián sah sie herausfordernd an und rief sie zum zweiten Teil des Spektakels, das Minuten später stattfinden sollte. Zuerst stieß er den Rollstuhl mit dem Hintern von sich und blieb aus eigener Kraft stehen, etwas breitbeinig und mit den Armen rudernd, um das neue Gleichgewicht zu halten. Als er seiner selbst sicher war, schloß er die Beine, federte in den Knien und bestieg schließlich, mit Unterstützung der Frauen, den Schemel, so daß er die Hände um die Ringe schließen konnte.

»Alles klar! Alles klar!« rief er, und die vier Hände von Beba und ihrer Mutter beeilten sich, den Schemel wegzuziehen. Sebastián erhob sich bereits wie Christus, mit bebenden Armen die Ringe auseinanderstemmend, um sich Raum für den Kreuzhang zu schaffen, die Beine geschlossen, den Kopf erhoben, die Halsadern kurz vor dem

Zerspringen. Vierhändiger Applaus von den Frauen für den invaliden Turner, anfeuernde Rufe und Vergleiche:

»Besser denn je!«

»Wundervoll, Seba ...«

Carvalho zog sich lautlos zurück und dachte auf dem Weg zum Wiedersehen mit seinem Haus darüber nach, wie er den Bericht für Brando Sr. formulieren und wie er es Brando Jr. beibringen sollte, daß er nicht bereit war, Bebas Schutzengel zu spielen. »Zurück, zurück, meine Dame! Mich fängt niemand ein, um einen Mann aus mir zu machen«, sagt Peter Pan in dem Moment, als er sich endgültig weigert, erwachsen zu werden. Zu Hause suchte er das Buch von James M. Barrie, um es zu verbrennen, und fand es nicht. Später erinnerte er sich allmählich an die persönlichen Umstände, aufgrund derer er es verbrannt hatte. Es war vor zehn oder zwölf Jahren gewesen, nach einem Besäufnis, und er hatte die Empörung seiner Kindheit wiedergefunden, die Empörung darüber, daß Wendy nicht fliegen kann und daher niemals das Schicksal von Peter Pan teilen wird. Er würde ein neues Exemplar kaufen müssen, um es noch einmal zu verbrennen, und beim Anblick der Flammen würde er die unschuldige Nacktheit von Beba heraufbeschwören, ohne den Mut, sie zu bitten, sie möge auch ihn für seine Invalidität entschädigen. Aber plötzlich fand Carvalho wieder zu sich selbst und überraschte sich dabei, wie er murmelte: »Sie hat uns beschissen, die Göttin!« Und als er der nackten, entschleierten Göttin ein Gesicht gab, gingen Bebas Züge in die von Claire über und Claires Züge wieder in die von Beba. Er war verärgert, weil die Señorita Brando einen Platz usurpieren konnte, der nach seinem Willen nur Claire gehörte. Die Szene mit dem unter Drogen gesetzten angeblichen Invaliden konnte ebenso schön wie schmutzig sein, und die Szene mit Claire, die Alekos den erlösenden Schuß gab, ebenso schmutzig wie schön. Es gibt Frauen, die einen verschlingen, wie ein Abfluß.

Pepe! Seit mehreren Wochen hast Du wohl über Biscuter von mir gehört, den ich als Tränentüchlein benutzt habe. Ich habe Dich nur im Büro angerufen, weil ich Dir die Freiheit lassen wollte, mich zurückzurufen oder nicht. Ich wußte, Dich zu Hause anzurufen wäre einer Erpressung gleichgekommen, und ich wollte nicht den Ärger über meinen Anruf in Deiner Stimme hören. Ich frage Dich nicht mehr, wie ich es schon so oft getan habe, was mit uns los ist, Pepe, weil ich nicht will, daß Du »Nichts!« antwortest und mich ins Kino einlädst oder zum Essen oder zu Dir nach Vallvidrera, damit ich mit meinem Lieblingskunden Liebe mache. Noch nie bist Du mir so aus dem Weg gegangen wie jetzt. Verzeih mir, aber ich bin Dir mehrere Tage gefolgt und sah Dich um zwei wunderschöne Mädchen herumflattern, eine Französin, wie mir Biscuter erzählt hat, eine von diesen Frauen, die Dir wohl gefallen, weil man nicht weiß, ob sie kommen oder gehen, ob sie gehen oder kommen, und Dir gefallen die Rätsel, die Du nicht lösen kannst. Das mit dem anderen Mädchen beunruhigt mich mehr, denn sie ist fast noch ein Kind; ich bin schon abgebrüht und kenne die Eseleien der Männer Deines Alters, wenn sie zu Vampiren werden und glauben, junges Blut könne sie selbst wieder jung machen, aber Du gehörst meiner Meinung nach nicht zu dieser Sorte von Dummköpfen, sondern machst wahrscheinlich eine schlimme Zeit durch, so schlimm, daß Du mich nicht brauchst, Pepe, und das festzustellen macht mich sehr traurig, es macht mich krank, und ich weine nur noch. Biscuter sagt, das junge Mädchen sei eine berufliche Geschichte wie jede andere, aber etwas in seiner Stimme verrät ihn, auch er hat bemerkt, daß etwas mit Dir los ist, etwas sehr Tiefgehendes, sehr tiefgehend und sehr versteckt, als sei Dir das weggestorben, was von Deinem Herzen noch übrig war. Ich habe meinen Paß erneuern lassen und konnte nicht umhin, mein Geburtsdatum wieder einmal zu lesen. Seit Jahren lege ich täglich verschiedene Cremes auf, vier im Winter und bis zu sechs im Sommer, Cremes, keine »Pomade«, wie du immer sagst. Mein Make-up hat sich mit den Jahren verändert, früher war es in Aquarelltechnik, wie

Du es nanntest, und heute ist es Ölmalerei, wie Du immer wieder sagst. Aber unter allen Cremes und Farben kommt die Zeit hervor, und ich spüre sie in meinen Bewegungen, in dem, woran ich mich erinnere, wonach ich mich sehne und was ich mir wünsche. Schlechte Zeiten für eine ältere Hure, die zwischen allen Stühlen sitzt, zwischen der ganz gewöhnlichen alten Schabracke und diesen imponierenden Weibern von zwanzig Jahren und ein Meter achtzig, die nichts anderes können, als Präservative überziehen und wie feine Damen aus gutem Hause sprechen, obwohl sie weder feine Damen noch aus gutem Hause sind. Meine Stammkunden sind alt geworden und ergeben sich immer mehr dem geordneten Leben; ihre Frauen sind inzwischen vergleichsweise gut erhaltene Großmütter, und sie haben allmählich Angst vor ihren Söhnen und Enkeln, die genauso stark sind wie sie und das ganze Leben noch vor sich haben. Sie sprechen nicht einmal mehr schlecht über ihre Frauen, im Gegenteil, die wenigen Male, die sie noch zu mir kommen, versuchen sie, sie mir sympathisch zu machen, und wollen, daß ich für sie denselben Kosenamen benutze wie sie selbst. Sie haben Angst vor ihren Frauen, weil sie besser altern und sie überleben werden. Manchmal bezahlen sie mich, ohne zu vögeln, und dann geben sie kein Trinkgeld. Zeichen, Pepe, Zeichen dafür, daß das hier zu Ende geht und die Fünfzig mich geschminkter denn je erwischen werden, mit mehr Cremes denn je, und ich sitze am Telefon und warte, daß ein Anruf kommt und daß von Dir kein Anruf kommt. Es wäre nicht besser gewesen, Dir das alles persönlich zu sagen, was ich Dir sagen will. Ich sehe es ganz klar. Besser, es ist aufgeschrieben, und Du behältst mich so in Erinnerung, wie ich war, so wie wir am letzten Abend waren, als du mich zum Spaziergang ausgeführt hast, damit sich meine Nerven beruhigen, oder auf der Reise nach Paris, die wir endlich im vergangenen Frühjahr gemacht haben. Erinnerst Du Dich an diese Parisreise, Pepe? Weißt Du noch, wieviel ich gesprochen habe und wie wenig Du gesagt hast? Weißt Du noch, wie glücklich ich war, wie wenig glücklich Du warst? Kurzum, ich will zur Sache kommen, mir geht schon das Alphabet aus und Du hast nicht mehr so viel gelesen seit der Zeit, als Du noch gelesen hast, um zu entdecken, daß die Bücher Dich nicht lehren zu leben. Ich gehe weg. Ich habe eine Chance, nicht sehr großartig, das stimmt, aber es ist schließlich eine Chance, in Andorra. Ein alter Kunde von mir besitzt dort ein Hotel, und er ist zu schwerfällig, ständig hin- und herzufahren, um zu kontrollieren, wie das Geschäft läuft. Er bietet mir an, im Hotel die Aufsicht zu führen. Ich passe auf, daß sie ihn nicht übers Ohr hauen, lächle an der Rezeption den Gästen zu, gehe beim Essen von Tisch zu Tisch und erkundige mich, ob alles in Ordnung ist. Das Leben dort ist etwas langweilig, aber sehr gesund, wie er sagt, und er versteht sowieso nicht, wie ich diesen Gestank atmen kann, den man hier im Barrio Chino atmet, obwohl sie diese Schneise geschlagen haben und sie jetzt nackt auf der Straße liegt, noch nackter als früher, die Schande des Viertels, und die Baustelle ein Schaufenster des ganzen menschlichen Ruins geworden ist. Ich werde annehmen. Die Bedingungen sind nicht schlecht. Essen, Wohnung, runde Hunderttausend im Monat und eine Wertschätzung, wie nur Du sie mir entgegengebracht hast, von gleich zu gleich, von Mensch zu Mensch. Biscuter kennt Andorra gut, aus der Zeit, als er dort ab und zu Autos für seine Wochenendtouren geklaut und Whiskyflaschen und Duralex-Geschirr geschmuggelt hat. Biscuter hat zu meinem Plan weder Ja noch Nein gesagt, aber Du hast mit Deinem Schweigen Ja gesagt. Ich hätte Dir gerne noch über die schönen Momente geschrieben, die es in den vielen Jahren der Beziehung zwischen uns gab, aber es war schon eine Heldentat, das zu schreiben, was ich Dir geschrieben habe, und ich nehme sie deshalb als Erinnerung mit mir. Ich will nicht, daß Du Dich schuldig fühlst. Im Grunde habe ich immer gewußt, daß Du Dich um mich gekümmert hast, damit Du Dich nicht um mich kümmern mußt und Dich so nie schuldig zu fühlen brauchst. Ich liebe Dich. Charo.

Biscuter hatte sich in sein Kabuff geflüchtet. Man konnte ihn beinahe atmen hören. Er hatte ihm den Brief mit umflorten Augen gegeben, und Carvalho hatte keine Lust, umflorte Augen zu sehen. Er ging zur Straße hinunter mit dem bewußten Vorsatz, zu Charo zu gehen und sie dazu zu bringen, ihren Plan aufzugeben. Als er die Kirche Santa Mónica erreichte, schweifte sein Blick vom Plakat der Kunstausstellung, die dort stattfand, zum Verkehrschaos an der Kolumbussäule, das an Kalkutta erinnerte – ein präolympischer Zusammenbruch infolge der Bauarbeiten, die den Olympischen Spielen den Weg ebnen sollten. Seine Füße wichen vom Weg ab, der zu Charo führte – vielleicht morgen –, und folgten dem letzten Gefälle der Ramblas zum Hafen. Vielleicht würde er der Frau seiner Träume begegnen. Er ahnte, es würde das letzte Mal in seinem Leben sein, daß er sich – ungeachtet der wirklichen Lebensalter, die von Kalendern und nationalen Ausweisen bestimmt werden – wie ein sensibler Jüngling verhielt und sich von seinen Beinen zum Hafen bringen ließ, wobei sie um stekkengebliebene, hysterische mechanische Dickhäuter herumgehen mußten, bevor er die Uferpromenade erreichte. Im schmutzigen Wasser, zwischen Ölflecken und Resten unwürdiger Untergänge, sah er Claires Körper treiben, diese edelsteinhaften, transparenten Augen, dieses Lächeln, das ebensoviel Wahrheit verbarg, wie es ausdrückte, das Lächeln einer Maske aus Schaum. Er schloß die Augen, und als er sie öffnete, waren da nur noch das Wasser, wie ein schmutziger Kristall, und die schweren Strukturen der Schiffe, so fest verankert, daß sie wie Stein wirkten.

Anmerkungen

Autobiographie des General Franco *Autobiografía del general Franco*; ein bisher nicht ins Deutsche übersetzter Roman (1992) von Manuel Vázquez Montalbán selbst

Barcelona més que mai! Barcelona mehr denn je!

Barcelona, posa't guapa! Barcelona, mach dich hübsch!

cap-i-pota con sanfaina Schweinskopf und -pfötchen mit Tomaten, Auberginen und Paprika

cazalla andalusischer Anisschnaps

Citroën Stromberg Ente Vázquez Montalbán kombiniert an dieser Stelle zwei berühmte Citroën-Modelle: den als »Gangstercitroën« berühmten Stromberg und das Modell 2CV – die sogenannte »Ente«

Costumbrismo literarische Strömung im Spanien des 19. Jahrhunderts, die die Sitten und Gebräuche der spanischen Gesellschaft schildert

Der Neffe Anselmo »El primo Anselmo«; eines von Vázquez Montalbáns eigenen Gedichten, erschienen im Band *A la sombra de las muchachas sin flor* (1973)

Gobierno Militar Sitz des Vertreters des spanischen Verteidigungsministeriums in Barcelona, gegenüber dem Kolumbusdenkmal

métèque wörtlich: Mestize, Mischling; lästiger, unliebsamer Ausländer

panellets kleine Kuchen mit Marzipan oder Pinienkernen, die zu Allerheiligen gegessen werden

Pateographie Wortspiel mit ›patear‹ (mit Füßen treten) und ›patografía‹ (Pathographie), die (literarische) Beschreibung einer Krankheitsgeschichte

Phalansterie Frühsozialistische Utopie einer Wohn- und Arbeitsgemeinschaft nach Charles Fourier

porrón Schnabelkaraffe

tumbet a la mallorquina Schmorgericht aus übereinander geschichteten gebratenen Scheiben von Auberginen, Zucchini, Paprika, Kartoffeln und Tomaten

Pepe Carvalho bei Wagenbach

Carvalho und der Mord im Zentralkomitee
Ein Kriminalroman aus Madrid

In einem Saal voller Kommunisten gehen die Lichter aus. Als es wieder hell wird, liegt ein linker Star-Politiker erstochen auf dem Sitzungstisch. Ex-Genosse Pepe Carvalho rätselt: War es ein Todfeind oder ein Parteifreund?

Aus dem Spanischen übersetzt und neu bearbeitet von Bernhard Straub.
WAT 731. 272 Seiten

Carvalho und der tote Mittelstürmer
Ein Kriminalroman aus Barcelona

Wer als Mittelstürmer allzu oft danebenschießt, gerät schnell ins Fadenkreuz wütender Fans. Doch der anonyme Briefeschreiber meint es ernst mit seiner Morddrohung gegen den neuen Star von Barcelonas größtem Fußballverein. Höchste Zeit also, Pepe Carvalho einzuwechseln.

Aus dem Spanischen übersetzt und neu bearbeitet von Bernhard Straub.
WAT 726. 256 Seiten

Carvalho und die Meere des Südens
Ein Kriminalroman aus Barcelona

In seinem neuen Fall spürt Pepe Carvalho einem solventen Toten nach, der sich zu sehr von Gauguins Südseeparadies hat verführen lassen – und an die romantische Liebe über die Klassengrenzen hinweg glaubte.

Aus dem Spanischen übersetzt und neu bearbeitet von Bernhard Straub.
WAT 713. 240 Seiten

Carvalho und der einsame Manager
Ein Kriminalroman aus Barcelona

Ressentiments gegen Konzernmanager gab es offenbar schon lange vor der Finanzkrise. Damals wurden mißliebige Manager allerdings einfach gnadenlos aus dem Weg geräumt – häufig von Leuten aus den eigenen Reihen.

Aus dem Spanischen übersetzt und neu bearbeitet von Bernhard Straub.
WAT 701. 272 Seiten

Noch mehr Krimis bei Wagenbach

Carvalho und die tätowierte Leiche
Ein Kriminalroman aus Barcelona

Der erste Einsatz des schlemmenden Privatdetektivs Pepe Carvalho
führt diesen ins Gangstermilieu von Barcelona und Amsterdam: ein
Roman sowohl für Krimifans als auch für Liebhaber kulinarischer und
literarischer Finessen!

Aus dem Spanischen von Bernhard Straub. WAT 694. 176 Seiten

Carvalho und das Mädchen, das Emmanuelle sein sollte
Ein Kriminalroman aus Barcelona

Carvalho auf den Spuren einer ermordeten Frau, die beinahe ein
Erotikfilmstar geworden wäre.

Aus dem Spanischen von Carsten Regling. WAT 695. 176 Seiten

Émilie de Turckheim
Im schönen Monat Mai

Ein Erbe gilt es anzutreten. Dafür reisen die »Hundsköpfe« aus Paris
jedenfalls an, aufs Jagdgut von Monsieur Louis, der unerwartet ver-
starb. Dort erwarten sie die Gutsknechte Aimé und Martial, schlechtes
Wetter und einige Unvorhersehbarkeiten.

Aus dem Französischen von Brigitte Große. WAT 702. 112 Seiten

Andrea Camilleri
Die Mühlen des Herrn

Im berüchtigten Sizilien Camilleris wird über Nacht eine ganze Mühle
abgebaut, um die Staatskasse zu betrügen: Bovara kommt im Auftrag
des Finanzministeriums zur Prüfung der Mühlensteuer. Er mietet sich
bei einer reichen Witwe ein, muß aber bald erfahren, wie hart das
Leben ist, wenn man unangenehmen Wahrheiten auf der Spur ist. Ein
eifriger Inspektor, eine schöne Witwe, ein sündiger Pfarrer und natürlich ein gerissener Mafioso:

Jeder will etwas anderes, keiner entkommt den Mühlen des Herrn.

Aus dem Italienischen von Moshe Kahn. Quartbuch. 224 Seiten

Leonardo Sciascia bei Wagenbach

Jedem das Seine
Ein sizilianischer Kriminalroman

Niemand hat etwas gesehen, am Ende wußten aber alle Bescheid: Mord und Korruption, ein meisterhaftes Gesellschaftsbild und ein spannender Kriminalroman aus Sizilien vom Großmeister der Mafia-Romane.

Aus dem Italienischen von Arianna Giachi. WAT 687. 144 Seiten

Tag der Eule
Ein sizilianischer Kriminalroman

Sciascias erster und berühmtester Mafia-Roman: Kann Capitano Bellodi den Mord an einem sizilianischen Kleinunternehmer aufklären? Wer hat ihn begangen? Wer steckt dahinter?

Aus dem Italienischen von Arianna Giachi. WAT 619. 144 Seiten

Der Zusammenhang
Ein sizilianischer Kriminalroman

Nach den erfolgreichen beiden Bänden der sizilianischen Kriminalromane Sciascias,»Jedem das Seine« und »Tag der Eule«, nun der dritte und letzte über eine haarsträubende Serie von Morden an Richtern.

Aus dem Italienischen von Helene Moser. WAT 644. 128 Seiten

Das Verschwinden des Ettore Majorana

Die Geschichte eines großen Physikers, der noch vor Heisenberg die Kernspaltung entdeckte und beschloß, die Welt vor seiner Genialität zu bewahren.

Aus dem Italienischen von Ruth Wright u. Ingeborg Brandt. WAT 652. 96 Seiten

Wenn Sie mehr über den Verlag und seine Bücher wissen möchten, schreiben Sie uns eine Postkarte (mit Anschrift und ggf. E-Mail). Wir verschicken immer im Herbst die *Zwiebel*, unseren Westentaschenalmanach mit Gesamtverzeichnis, Lesetexten aus den neuen Büchern und Photos. *Kostenlos!*
Verlag Klaus Wagenbach   Emser Straße 40/41   10719 Berlin   www.wagenbach.de

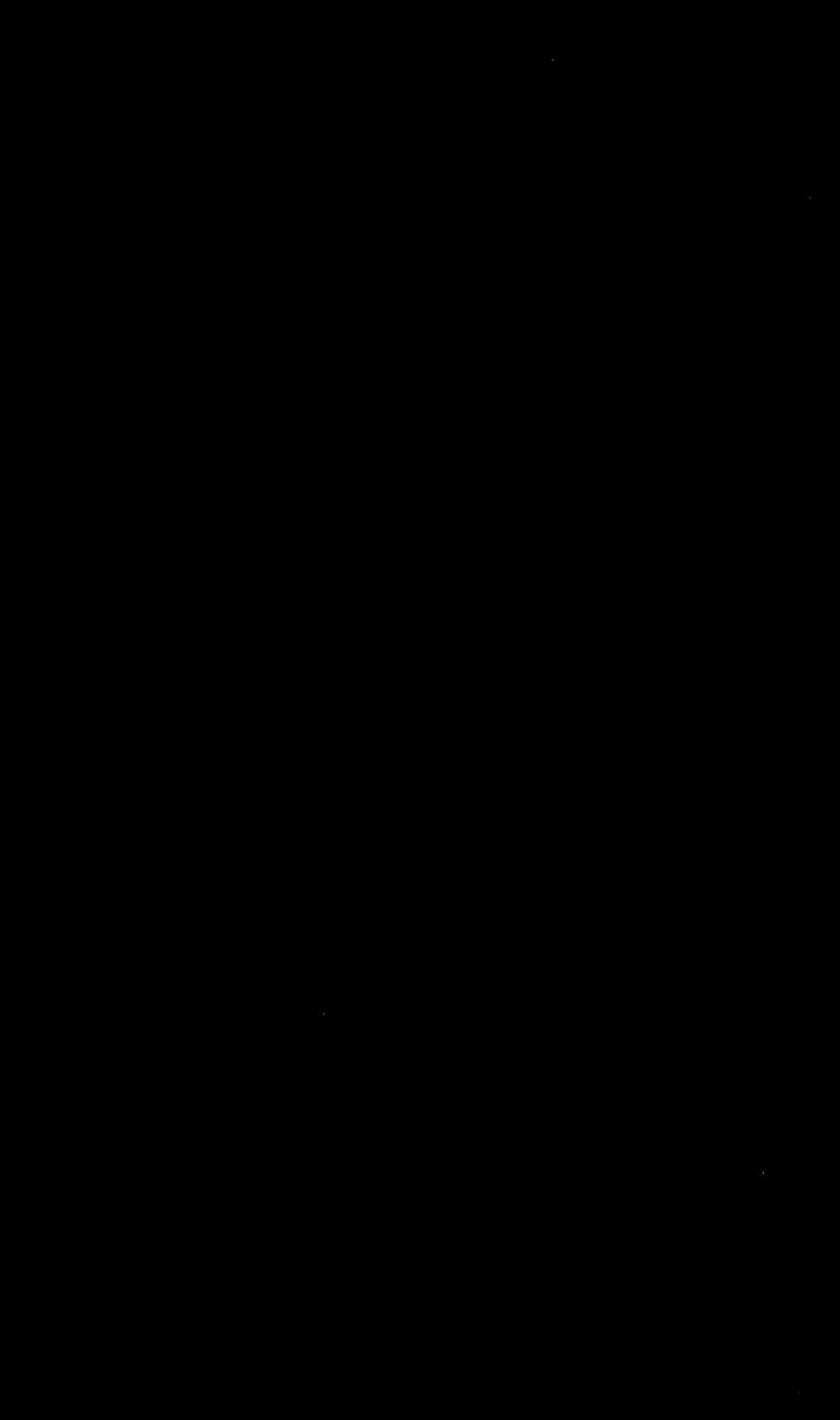